Utopisch
Ideen und ihre Geschichten

„Eine Idee wird darum noch nicht wahr,
weil jemand sich dafür geopfert hat. “

Oscar Wilde

Luise Link

Utopisch
Ideen und ihre Geschichten

Illustrationen
von
Doris Bauer

Bibliografische Information der Deutschen Nationalbibliothek:
Die Deutsche Nationalbibliothek verzeichnet diese Publikation in der Deutschen Nationalbibliografie; detaillierte bibliografische Daten sind im Internet über http://dnb.dnb.de abrufbar.

TWENTYSIX – Der Self-Publishing-Verlag
Eine Kooperation zwischen der Verlagsgruppe Random House und BoD – Books on Demand

© 2020 Luise Link

Herstellung und Verlag:
BoD – Books on Demand, Norderstedt

ISBN: 978-3-740-77035-8

Inhalt

Vorwort

Vorstellungen von einer besseren Zukunft, Bilder einer anderen Welt entstehen aus den Herausforderungen und Möglichkeiten einer Epoche. Von solchen Ideen und ihren Folgen handelt dieses Buch.

Aus vielen möglichen Themenbereichen, die auch für die Gegenwart bedeutsam sind oder in denen der stattfindende Wandel von Auffassungen und Bewältigungsstrategien deutlich wird, haben sich fünf Kapitel ergeben.

Sie erzählen und berichten von Menschen und Ideen, die die Welt einst aufrüttelten, immer noch oder wieder bewegen, von Gedankengebäuden, die uns utopisch, völlig neu oder nicht mehr nachvollziehbar erscheinen. Ein Stoff für Leser, die spannende Unterhaltung *und* Anregung suchen.

Einige berühmte Leute von gestern werden Ihnen begegnen; Jean-Jacques Rousseau, Maximilien de Robespierre, Robert Blum, Ludwig der XVI, der letzte deutsche Kaiser, aber auch unbekannte Gestalten, die im Nebel von Vergangenheit oder Zukunft verschwinden.

Wo Historie die Handlung und Ideen liefert, ist ihr Ablauf und Inhalt sorgfältig recherchiert und wo nötig, mit Quellen belegt: Ob jedes winzige Detail stimmt, wird nicht garantiert.

Begeben Sie sich auf eine Reise!

Vielleicht haben Sie an deren Ende mehr Fragen als Antworten, aber wenn Sie die Tour durch Jahrhunderte genießen, sie interessant und vielleicht eines zweiten Gedankens wert finden, hätte das Erzählte seinen Zweck erfüllt.

1

Kindheit, Jugend, Alter

Die Frauen sind ihren Männern,
die Kinder ihren Eltern
und so überhaupt
die Jüngeren den Älteren untertan.

Thomas Morus
Schilderung von Utopia
1516

Hagne

Athen
Fünfter Hekatombaion im Jahr des Perikles

Der Haussklave Eustakhios schreibt einen Brief. Hagne, die junge Frau des in Ephesos weilenden Timaios, diktiert.

Großherziger Gatte, werter Timaios! Möge Aiolos, der Gott der Winde, das Schiff beschleunigen, das dir meine Nachricht bringen wird. Der Same, den du am Tage unserer Hochzeit gesät hast, hat Früchte getragen. Am Ersten des Monats bin ich niedergekommen. Unter heftigen Schmerzen und großen Schwierigkeiten. Mein Körper war wohl zu zart und zu jung für die Aufgabe. Aber unser Kind lebt, ist wohlgestalt und gesund. Wenn du es erlaubst, möchte ich sie Eudokia nennen. Das Kind ist also ein Mädchen und dafür bitte ich dich um Verzeihung. Ich bin in der Lage, sie zu nähren und habe noch keine Amme gesucht, weil ich zunächst auf deine Antwort warten will. Möge deine Großherzigkeit blühen! Mögest du das Kind als das deinige annehmen, so dass ich es nicht aussetzen und dem sicheren Tode anheimgeben muss! Es schläft in meinem Bett und ist mir in der Zeit deiner Abwesenheit Gefährte und Trost. Wenn auch mein Körper noch sehr geschwächt ist, werde ich doch bald meine Aufgaben im Haus wieder bewältigen können, so dass du nach deiner hoffentlich baldigen Rückkehr deinen Oikos in dem Zustand vorfinden wirst, den du erwartest. Dein Sohn Hippolytos ist mir trotz seines Gesundheitszustandes eine große Hilfe in allen Fragen, die die Verwaltung deines Hausstandes betreffen.

Es grüßt dich in Ergebenheit und Hoffnung, Hagne

Ephesos
Zwölfter Hekatombaion im Jahr des Perikles

Hagnes Brief hat Timaios am Morgen erreicht.
Er liegt mit seiner Geliebten Almatheia zu Tisch.

„Nun beruhige dich, Timaios! Was hast du erwartet, wenn der Bock so eine junge Geiß bespringt! Dass sie die Geburt überlebt hat, grenzt an ein Wunder! Wie sie verlauten lässt, ist sie bemüht, die ihr zugedachten Aufgaben zu erledigen. Und sie scheint doch sehr fruchtbar zu sein, trotz ihrer Jugend. Sie könnte dir noch Söhne gebären. Obwohl …"

„Was willst du andeuten, Almatheia? Heraus mit der Sprache!"

„Unser Sohn lebt. Du hast bereits einen zweiten Sohn, Timaios."

„Du bist meine Hetäre, Almatheia, nicht meine Ehefrau. Unser Sohn ist ein Bankert, ein Nothoi ohne Aussicht auf Bürgerrecht. Er wird niemals meinen Platz einnehmen können. Letztlich existiert er nicht."

„Perikles wird die Rechtsprechung wegen seines Sohnes mit Aphasia vielleicht entsprechend beeinflussen können, denke ich?"

„Das Denken, schönste Almatheia, überlässt du besser uns Männern. Dafür seid ihr Frauen nicht geschaffen! Ihr weißarmigen, lieblichen Geschöpfe, bei Zeus! Teilt mit uns das Bett, lasst eure frischen Körper unserer Lust und unserem Vergnügen dienen. Ich werde nachher an Hippolytos schreiben, meine Entscheidung ist gefällt. Komm!"

Athen
Zwanzigster Hekatombaion im Jahr des Perikles

Hippolytos liest die gerade eingetroffene Nachricht seines Vaters.

Mein Sohn Hippolytos!

Ich werde Poseidon und Aiolos opfern, damit meine Nachricht dich schnell erreichen möge!

Hagne hat uns alle schwer enttäuscht! Ich hatte einen Sohn erwartet, vor allem, weil dein Gesundheitszustand weiterhin, wie Hagne mitgeteilt hat, schlecht ist. Wer soll meinen Platz einnehmen, unserem Haus, dem Gesinde und den Sklaven vorstehen, falls du stirbst? Das Kind, das Mädchen, wird nur Kosten verursachen und schon in wenigen Jahren muss ich ihrem Bräutigam eine Mitgift zahlen. Ich habe deshalb entschieden, dass das Kind auszusetzen ist. Sollte Hagne nicht umgehend meinem Befehl gehorchen, dir irgendwelche Schwierigkeiten machen, weinen, sich an das Kind klammern oder dich irgendwie durch weibisches Verhalten unter Druck setzen, gib mir Nachricht. Ich werde sie dann umgehend des Hauses verweisen, damit ich von ihr geschieden bin. Mache ihr klar, dass ihre Mitgift nur sehr gering war und ihr Vater sie wohl nicht gern oder gar nicht zurücknehmen wird. Er war in den Brautverhandlungen sehr hartleibig und schien mir auch nur über sehr geringe Mittel zu verfügen. Sehr erfreut war ich über die Mitteilung, dass du Hagne in allen Belangen des Hausstandes mit Rat zur Seite stehst. Bleibe weiterhin ein guter Sachwalter meiner Interessen! Ich werde, wenn es der Gang der Geschäfte erlaubt, nachhause zurückkehren.

Vielleicht sind die Götter dir gnädig und machen dich wieder stark und gesund. Bete zu ihnen!

Dein Vater Timaios

Athen

Dreiundzwanzigster Hekatombaion im Jahr des Perikles

Hippolytos hat Hagne zu sich gerufen.
Er ist zu einer Entscheidung gelangt.

„Das kann nicht dein Ernst sein, Hippolytos! Er hat sich mit Gewalt genommen, was ich ihm nicht geben wollte, nicht geben konnte! Aber meine Eudokia, die in Schmerz gezeugt und geboren wurde, ist gesund. Ein kleiner Mensch, der leben will. Und sie wird dich lieben, wie einen Vater. Du kannst ihren Tod nicht wollen!"

„Ich kann mich den Befehlen meines Vaters nun einmal nicht widersetzen, Hagne! Wenn du dich weigerst, werde ich ihm Nachricht geben müssen. Er will dich aus dem Haus weisen, wenn du dich nicht fügst. Und dann, als geschiedene Frau, wird es für dich schwierig, eher unmöglich sein, euch beide durchzubringen. Ich gebe dir noch fünf Tage Zeit, Lösungen zu finden und die Sache zu überlegen. Dann werde ich Eustakhios beauftragen, ihm zu schreiben."

♣

Ob Hagne einen Ausweg für sich und ihr Kind gefunden hat?

Oder hat sie Eudokia auf dem öffentlichen Dunghaufen Athens ausgesetzt und dem Untergang preisgegeben?

Ging sie vielleicht gemeinsam mit ihr in den Tod?

Die Kinder
und Monsieur Jean-Jacques

Jean-Jacques lag auf der braunen Chaiselongue des Salons. Er trug keine Perücke mehr, sein Kopf war kahl. Zwei Kissen steckten gefaltet hinter seinem Oberkörper. Seit vielen Minuten hatte er geschwiegen, so dass vornehmlich sein ab und an rasselnder Atem an seine Gegenwart erinnerte. Wenn er die Augen öffnete – und das geschah nur alle paar Minuten – blickte er Thérèse an. Sie hatte auf einem Stuhl neben ihm Platz genommen. Dann und wann schaute er zum Fenster, das man wegen der Hitze und der gleißenden Sonnenstrahlen draußen verdunkelt hatte.

„Willst du nicht den Vorhang öffnen, Thérèse? Dunkel wird es ja für mich noch früh genug, nicht wahr?"

Huschte ein Lächeln über die eingefallenen Wangen und den merkwürdig verzogenen Mund?

Thérèse zog die Verdunkelung zurück und ließ die Tageshelle herein.

„Öffne das Fenster", flüsterte Jean-Jacques, „vielleicht kann ich die Vögel noch einmal zwitschern hören."

Die Hitze des frühen Tages hatte die kleinen Sänger jedoch schon verstummen lassen, nicht ein einziger Laut drang von draußen herein.

„So still wird es wohl bald für immer sein. Ich fühle es, meine Liebe, meine Stunden und unsere gemeinsame Zeit auf dieser Erde neigen sich dem Ende zu."

Als Thérèse sich anschickte zu widersprechen, nahm Jean-Jacques ihre Hand. Sie begann zu weinen, leise, lautlos.

„Warum weinst Du? Es ist ja mein Glück, ich sterbe in Frieden. Niemand wollte ich Leids tun und rechne mit der Gnade Gottes."

Er versuchte sich etwas aufzurichten, schaute wieder zum Fenster hinaus.

„Wie rein und lieblich ist der Himmel, keine Wolke trübt ihn. Ich hoffe, der Allmächtige nimmt mich da hinauf zu sich."

15

♣

Wer war der Mann, dem wir in dieser Szene begegnen? Jean-Jacques Rousseau wurde 1712 als Sohn eines Uhrmachers und Forschers in Genf geboren. Rousseaus Mutter Suzanne Bernard, die Tochter eines Pastors, starb neun Tage nach seiner Geburt, wahrscheinlich am Kindbettfieber. Eine Tante väterlicherseits kümmerte sich fortan um den Haushalt und liebevoll um das oft kränkelnde und empfindsame Kind. Nach einer Auseinandersetzung mit einem Offizier flüchtete der Vater aus Angst vor Strafe aus Genf und überließ für die nächsten Jahre seinen Sohn der Obhut von Verwandten. 1726 heiratete er zum zweiten Mal; in der Folge verlor er das Interesse an seinem Sohn.

Mit zwölf ging Rousseau zunächst bei einem Gerichtsschreiber, später bei einem Graveur in die Lehre. Sein Interesse gehörte aber vor allem dem Lesen. Sein Hang zu Träumereien erschwerte die Beziehungen zu Altersgenossen. Von 1728 bis 1743 währten seine Wanderjahre durch Italien und Frankreich und fast ebenso lang seine Liebesbeziehung zu der dreizehn Jahre älteren Madame de Warens. 1744 lernte er Thérèse Levasseur kennen; die Beziehung zu ihr sollte 34 Jahre, bis zu seinem Tod, dauern.

Nach kompositorischen Ausflügen in die Welt der Oper verfasste er ab 1756 sein belletristisches, pädagogisches und politisches Hauptwerk, welches ihm schon zu Lebzeiten Ruhm und bis heute große Anerkennung und Bekanntheit beschert hat.

In seinem Erziehungsroman *Émile*, 1762 erschienen und bis zum heutigen Tage der berühmteste Erziehungsratgeber der Weltliteratur, gesteht der Verfasser Kindern zum ersten Mal eine lange und unbeschwerte Kindheit zu. Er sieht sie als eigenständige Persönlichkeiten, die auf ihre Weise denken und empfinden. Titelheld Èmile ist ein Junge, der seine Kindheit auf dem Land verbringt und weitgehend frei von den Zwängen der damaligen Zeit aufwächst – und sich dabei durch Spielen, Toben und Faulenzen prächtig entwickelt. Rousseau kritisiert das damals übliche Verschnüren der Babys ebenso wie die Sitte, Neugeborene an Ammen zu übergeben statt sie selbst zu stillen; er verweist auf die Pflicht zur Erziehung der Kinder durch den Vater und dessen wichtige Rolle für die Familie. Rousseau stellte mit seinem Werk die Erziehungsvorstellungen seiner Zeit auf den Kopf. Das Buch hatte eine enorme Durchschlagskraft. Eltern versuchten, ihre Kinder nach seinen Prinzipien zu erziehen, viele Generationen von Pädagogen wurden durch das Werk beeinflusst.

1778 stirbt der große Philosoph, Schriftsteller und Vordenker der Französischen Revolution in Ermenonville, wo er beim Grafen Girardin Quartier genommen hatte. Man untersucht seinen Leichnam, bis heute halten sich Spekulationen, er sei ermordet worden. Auch Thérèse Levasseur gerät in Verdacht, weil sie Universalerbin wird und bald nach Rousseaus Tod ihren Liebhaber heiratet. Rousseaus Überreste werden von den französischen Revolutionären, die ihn als einen ihrer Ideengeber und geistigen Väter verehren, feierlich ins Pantheon überführt, wo sie noch immer ruhen.

Das glanzvolle Lebenswerk Rousseaus, das bis heute nachwirkt, hat jedoch einen Makel.

♣

„Was ist denn der Name der jungen Dame uns gegenüber?", wollte Rousseau von seinem Sitznachbarn rechter Hand wissen. Er beugte sich in Erwartung einer geflüsterten Antwort zu Herrn de Bonnefond, der ihn kurz zuvor in der Runde vorgestellt hatte, hinüber. Man saß gemeinsam am Mittagstisch im Hotel Saint-Quentin in Paris, in Gesellschaft einer weiteren weiblichen Person in Gestalt der schon etwas angejahrten Wirtin und einiger jüngerer weltlicher und geistlicher Herren, die sämtlich angefangen hatten, anzügliche Witze und Anekdoten zu erzählen und dabei ständig auf das Mädchen zu schielen, das ein übers andere Mal rot anlief und die Augen niederschlug.

„Von einer jungen Dame kann wohl kaum die Rede sein", antwortete der alte Griesgram Bonnefond nach einer Weile so laut, dass augenblicklich jede weitere Unterhaltung verstummte. Das Mädchen errötete daraufhin noch mehr, sprang auf, begab sich zur hinter dem Gastraum liegenden Küche und kam gleich darauf mit einem neuen Krug Rotwein zurück, um den anwesenden, jetzt wieder lärmenden Herren nachzuschenken.

„Thérèse Levasseur heißt sie, junger Freund", sagte Bonnefond, nun in etwas gemäßigterem Ton. „Sie besorgt die Wäsche und möglicherweise, da bin ich mir noch nicht so sicher, auch für so manchen Herrn bereits etwas anderes. Jedenfalls sitzt sie hier seit zwei Wochen nach dem Willen unserer ebenfalls durchaus willigen Wirtin bei uns am Mittagstisch, damit die Herren noch ein weiteres Objekt für derbe Späße und ihre lüsternen Begierden haben, nicht wahr?"

Bonnefond schüttelte, offensichtlich entrüstet, den Kopf und wandte sich seinem Essen zu.

Thérèse hatte inzwischen wieder Platz genommen und sich mit großem Ernst den Resten ihres Mittagsgerichts zugewandt. Sie blickte auf ihren Teller.

Rousseau ließ seine Augen mit Wohlgefallen auf ihr ruhen. Sie war nicht schön zu nennen, aber im Gegensatz zu der aufgetakelten, bereits etwas verlebten und beleibten Wirtin wirkte sie adrett, frisch und natürlich. Zierlich war sie nicht, sondern eher kräftig, aber wohlgestalt. Mit einigen hinterher gesandten Blicken auf die Davoneilende hatte Jean-Jacques dies feststellen können.

Als kurz darauf die Tischgespräche der Herren erneut schlüpfrig, die Witze zotig und die Ansprache an Thérèse wiederum laut, respektlos und frech wurden, schaltete sich der Neuankömmling ein.

„Meine Herren", sagte er, „in Gegenwart der Damen sollten wir uns vielleicht etwas zurückhalten, nicht wahr?"

Erstaunlicherweise wurde es augenblicklicher stiller im Raum, die Herren vertieften sich in Zweier- oder Dreier-Unterhaltungen und Thérèse war in der Lage, ohne unverschämte Bemerkungen ihr Mahl zu beenden. Kurz blickte sie auf und sah Rousseau in die Augen. Ein Lächeln huschte über ihre Züge. Die Wirtin allerdings funkelte ihn aus dunkel aufgerissenen Augen an und kniff die Lippen zusammen. Er war ihr also wohl ins Gehege gekommen, hatte sie erzürnt. Die positive Reaktion von Thérèse war ihm aber weit wichtiger. Er verließ die Tischgesellschaft nach Beendigung seines Mittagessens mit einem sehr guten Gefühl.

Einige Tage später, nach mehreren Tischrunden, in denen Jean-Jacques Partei für Thérèse ergriffen hatte, um sie vor den zudringlichen Reden der Herren und den Anzüglichkeiten der Wirtin in Schutz zu nehmen, klopfte es mitten in der Nacht an Rousseaus Zimmertür. Noch bevor der junge Mann Gelegenheit gehabt hätte, „Herein!" zu rufen, stand Thérèse in seinem Zimmer. Sie hatte offensichtlich geweint, ihr Haar hatte sich aus der Frisur gelöst und fiel in sanften Wellen über ihre nur spärlich bekleideten Schultern. Sofort begann sie unter weiteren Tränen zu berichten. Die Wirtin behandle sie neuerdings sehr schlecht, sie schimpfe ständig mit ihr, nichts sei gut genug, immerzu müsse sie zusätzliche Arbeiten verrichten. Und dann behaupte sie noch, sie sei getäuscht worden, denn Thérèses Mutter, die werte Beamtengattin Madame Levasseur, habe zugestimmt, dass Thérèse sich auch für die Herren dienlich erweisen werde. Der junge Mann erhob sich sofort aus seinem Bett und nahm Thérèse in die Arme. Sie schmiegte sich an ihn. Welch wunderbare Wendung! Rousseau selbst war nicht unbedingt ein Draufgänger, aber in Liebesdingen seit seinem siebzehnten Lebensjahr erfahren. Er drückte die junge Frau enger an sich, bog ihren Kopf ein wenig zurück und versuchte sie zu küssen. Thérèse befreite sich augenblicklich aus seinen Armen, sie seufzte und heulte zugleich und rannte aus dem Zimmer. Sie ließ einen enttäuschten und verwirrten Rousseau zurück.

Unsicher, auch etwas verärgert, war er ebenfalls. Konnte und wollte er jetzt die Rolle des Biedermannes, des Tugendwächters für Thérèse aufrechterhalten? War sie eine unberührte Jungfrau, der er zu nahe getreten war? Oder eher eine raffinierte Kokotte? Es würde wohl nichts anderes übrig bleiben, als so zu agieren wie bisher und den Schein zu wahren. Man konnte nicht so mir nichts dir nichts seine Rolle in der Gesellschaft wechseln, ohne unglaubwürdig zu wirken.

Also verliefen die Tischrunden ähnlich den vergangenen – und wenn er Thérèses Blicke und ihre geflüsterten Worte richtig deutete, schien der jungen Frau sein Verhalten zu gefallen. Das Warten, die Ungewissheit des Zukünftigen ließen ihn immer mehr entflammen. Er folgte ihr in den Gängen, versuchte den Moment zu erhaschen, wo er sie fragen, vielleicht überreden könne, ihn zu erhören. Eines Abends, die Lichter im Haus waren fast sämtlich erloschen, erwischte er sie im dunklen Gang vor ihrer Kammer.

„Hätten wir nicht so manches zu besprechen, Thérèse?", fragte er und drängte sie in Richtung Wand. Sie schaute unter sich, schien etwas schuldbewusst – antwortete aber dennoch nach kurzem Zögern:

„Ja, Monsieur Jean-Jacques, ich werde Sie heute Abend in Ihrem Zimmer besuchen. Nicht früh, Madame trägt mir oft spät abends noch eine Aufgabe auf, aber ich werde kommen."

Rousseau konnte die Stunde von Thérèses Ankunft kaum erwarten. Immer wieder rückte er seine Perücke zurecht, zupfte an seinem Gehrock, probierte vor dem Wandspiegel Posen aus, die die junge Frau beeindrucken sollten. Als die Uhr elf schlug, hatte er die Hoffnung fast aufgegeben.

Also kein kurzes heftiges Abenteuer mit einer unerfahrenen Jungfrau? Oder vielleicht auch der Beginn einer längeren Beziehung mit einer schon erfahrenen Frau? Jean-Jacques nahm seine Perücke ab – da klopfte es doch noch an der Tür. Mit züchtigem, niedergeschlagenem Blick trat Thérèse ein. Rousseau zeigte auf den einzigen Stuhl im Zimmer und bat Thérèse, Platz zu nehmen. Er setzte sich auf die Bettkante.

Sie hatten schon einige peinliche Minuten geschwiegen, als Thérèse die Stimme erhob.

„Monsieur Jean-Jacques, ich werde Ihnen jetzt etwas gestehen, was einen feinen, anständigen Herrn wie Sie vermutlich enttäuschen und entsetzen wird. Aber auch, wenn Sie nach meinem Geständnis den Kontakt mit mir meiden werden, ist es besser, die Wahrheit zu sagen."

Thérèse verfiel nach diesen Worten wieder in Schweigen, welches auch Rousseau nicht unterbrach. Zu gespannt war er auf das, was er erfahren würde.

„Vor einigen Jahren war ich in Anstellung bei einem reichen Kaufmannsehepaar. Der Sohn des Hauses stellte mir von Anbeginn nach, versprach mir viel und alles und eines Tages, als die Eltern bei einem Gartenfest weilten und die meisten Bediensteten aus dem Haus waren, ist es geschehen. Monsieur, ich bin keine Jungfrau mehr. Bitte verachten Sie mich nicht zu sehr!"

Tränen rannen aus Thérèses Augen, sie rang die Hände. Im Schein der Kerze erschien sie Jean-Jacques beinahe schön.

Er sprang auf, stieß einen Freudenschrei aus und lachte so laut, dass Thérèse erschrocken zusammenfuhr. „Wollen Sie mich verlachen, Monsieur?", fragte sie traurig.

„Im Gegenteil, liebe Thérèse! Ich bin erleichtert. Ich kann mein Glück kaum fassen. Ich liebe dich, Mädchen. Lass uns die Liebe genießen, werde heute Nacht die Meine!"

Mit diesen Worten zog Jean-Jacques Thérèse auf sein Bett. Thérèse ließ sich umarmen, küssen, der leidenschaftliche Liebhaber bescherte ihr zum ersten Mal in ihrem Leben so etwas wie Glück.

♣

In der Folgezeit hält Rousseau seine Geliebte aus, noch hat er Geld. Thérèse wohnt bei ihm im Hotel Saint-Quentin, er bezahlt der Hotelbesitzerin zusätzliches Geld für das nun zu zweit genutzte Zimmer; sie ist es zufrieden. Er bezahlt Thérèses Mutter für den ausbleibenden Lohn, auch sie schweigt zu den Umständen der Beziehung. Als die finanziellen Mittel knapp werden, zieht Rousseau allein in eine neue Wohnung in der Nähe der Oper. Er will sein Ballett „Die galanten Musen" zu Ende komponieren und seiner zukünftigen Wirkungsstätte nah sein. Thérèse veranlasst er, zurück zu den Eltern zu ziehen. Sie soll wieder arbeiten und zum Lebensunterhalt beitragen. An der Miete der Familie will sich der Liebhaber beteiligen; Thérèses Mutter ist nicht begeistert, aber das in Aussicht gestellte Geld beruhigt sie.

Dass er sie niemals heiraten werde, hat Rousseau Thérèse anlässlich des Umzuges mitgeteilt. Aber er werde sie auch nie verlassen. Thérèse fügt sich ohne Murren, sie ist verliebt. Und auch Rousseau erkennt die Vorzüge des Mädchens, ihre Lebensklugheit, ihre unverbildete Natürlichkeit und Seelenstärke, die ihre mangelnde Bildung und Eleganz aufzuwiegen scheinen. Er geht dazu über, dann und wann Ausflüge mit ihr aufs Land zu machen, sie nicht gänzlich zu verstecken. Seine Beziehung zu dem einfachen Mädchen aus dem Volke hält er vor seinen gebildeten und vornehmen Freunden und deren meist adligen Freundinnen und Gönnerinnen allerdings geheim. In die Oper, ins Theater, zu Konzerten nimmt er sie nicht mit.

Er wird über die Gleichheit der Menschen schreiben, er wird einer der Väter der Französischen Revolution werden – aber Thérèse wird in der Zeit ihrer ersten Schwangerschaft allein sein, während er sich auf Reisen und in Schlössern mit seinen adligen Freunden vergnügt.

Als er zurückkehrt, ist er über Thérèses Zustand bestürzt. Genau das hatte er vermeiden wollen, indem er sie nicht heiratet: Die kleinbürgerliche Fessel einer Familie, von Verantwortung, die ihm nach dem mondänen Leben und der Beachtung in der Gesellschaft der Reichen besonders ungelegen kommt.

Mit finanzieller Hilfe seiner Gönnerin, Frau Dupin, richtet er sich allerdings kurze Zeit später eine eigene größere Wohnung ein, die die schwangere Thérèse samt Mutter und Vater mit bewohnen soll.

Nach innen so etwas wie ein Familienidyll, stellt Rousseau nach außen seine Geliebte und deren Mutter als seine Haushälterinnen vor. Als die Zeit der Niederkunft naht, veranlasst Rousseau Thérèses Übersiedlung zur Hebamme Mademoiselle Gouin. Er hat einen Plan.

♣

„Warum kann ich nicht hierbleiben, Monsieur?"

In Gegenwart von anderen siezte Thérèse ihren Liebhaber nach wie vor, und ihre Mutter war bei dem Gespräch zugegen.

„Deine Mutter ist genauso wie ich dafür, dass du zur Hebamme Gouin gehst. Sie hat große Erfahrung. Die Geburt eines Kindes bringt viel Ungemach und Aufruhr mit sich. Da ist es besser, du bist für einige Zeit fort." Rousseau blickte zu Madame Levasseur, sie nickte bestätigend mit dem Kopf.

Thérèse seufzte, entgegnete aber nichts. Gegen die Übermacht würde sie wohl kaum ankommen. Und Vater, auf den brauchte sie nicht zu hoffen, der hatte im ganzen Leben nie etwas zu sagen gehabt und sich immer von seiner Frau regieren lassen.

„Ich werde dich morgen früh dorthin bringen, pack einige Sachen für dich zusammen", fuhr Rousseau weiter fort.

„Aber das ist unmöglich."

Thérèse war nun sehr erregt. „Wo soll ich denn die Sachen für das Kind so schnell herbekommen, ich habe doch noch gar nichts für das Kleine besorgt."

„Mach dir darüber keine Sorgen! Mademoiselle Gouin weiß Bescheid, ich habe über alles mit ihr gesprochen. Das findet sich."

Rousseau nahm Thérèse kurz in die Arme, küsste sie auf die Stirn und verabschiedete sich mit einer Verbeugung von Madame Levasseur, um in der Stadt seinen Beschäftigungen nachzugehen.

♣

Am nächsten Morgen bringt nicht Jean-Jacques, sondern die Mutter Thérèse zu Mademoiselle Gouin. Der Zeitpunkt ist gut gewählt. Nicht lange dauert es und die Wehen setzen ein. Die Geburt verläuft unproblematisch. Thérèse schenkt einem gesunden Knaben das Leben.

Sehnsüchtig wartet sie auf Jean-Jacques, um ihm das schöne Kind zu zeigen. Aber der frischgebackene Vater hat es nicht eilig.

♣

Thérèse war wohl schon dutzende Male zum Fenster gelaufen, das auf die Straße hinabblickte. Warum ließ sich Jean-Jacques so viel Zeit? Heute werde er kommen, hatte die Mutter angekündigt. Aber es war schon zwölf Uhr und von Jean-Jacques immer noch keine Spur. War er denn gar nicht neugierig auf sein Kind? Wollte er mit der Mutter seines Kindes nicht das Glück gemeinsamer Elternschaft am Bettchen des Kindes genießen? Um ein Uhr klopfte es. Das musste er sein. Thérèse stürmte zur Tür.

Ein ernst dreinblickender Rousseau stand dort.

Thérèse suchte nach einem Lächeln, vielleicht einem Leuchten in seinen Augen, aber sie konnte nichts davon entdecken.

Trotzdem nahm sie seine Hand.

„Komm, ich zeige dir deinen Sohn."

Ihre Stimme zitterte vor Rührung und sie hatte Mühe, nicht in Tränen auszubrechen. Vor Stolz auf das Kind, vor Sehnsucht nach Gemeinsamkeit mit dessen Vater. Aber Jean-Jacques blieb in einiger Entfernung vom Bettchen seines Sohnes steif und wie angewurzelt stehen. Keine Umarmung, kein Kuss.

„Setz dich bitte hin!", sagte er stattdessen.

Seine Worte, seine Haltung verwirrten Thérèse. Wie hatte sie diesen Moment herbeigesehnt! Sie setzte sich auf den Stuhl, der am Fenster stand, schaute hinunter auf die Straße. Rousseau begann, in der Stube auf und ab zu gehen. Einige Minuten schwieg er, seufzte dann und wann vernehmlich, so, als ob ein schweres Schicksal auf seiner Brust laste. Thérèse wurde immer unsicherer, verzweifelter. Warum freute er sich nicht?

„Thérèse, ich sehe, dass du dich inzwischen von der Geburt erholt hast. Deshalb habe ich ja bisher auf einen Besuch bei dir verzichtet, damit du ganz ungestört bist und Kraft schöpfen kannst."

„Aber es wäre viel schöner für mich gewesen, wenn du uns sofort besucht hättest. Ich dachte, du könntest es nicht erwarten, dein Kind zu sehen und habe mich die ganze Zeit nur gewundert und gegrämt, Jean-Jacques!"

„Nun. Jetzt bin ich da und möchte und muss etwas mit dir besprechen."

Er seufzte wieder und schwieg dann einen langen Moment.

„Bisher haben wir deine Schwangerschaft und die Geburt ja vor der Welt verbergen können. Denn Mademoiselle Gouin ist diskret, deine Mutter wird aus eigenem Interesse nichts erzählen und auf deine Nichte können wir uns auch verlassen. Sonst hat niemand etwas mitbekommen. Deine Ehre ist also nicht besudelt, Gottseidank! Du kannst ganz beruhigt sein. Aber das Kind muss natürlich weg!"

Rousseau trat zu Thérèse und legte den Arm auf ihre Schulter. Sie sprang auf, stieß ihn mit beiden Händen von sich und schrie, heulte auf wie ein waidwundes Tier. Rousseau hielt sie sofort fest, mit eisernem Griff, und presste seine Hand auf ihren Mund.

„Reiß dich zusammen, Mädchen. Willst du einen Skandal verursachen? Man kann dein Geschrei ja bis auf die Straße hören. Was werden die Leute denken, wenn aus der Wohnung der Hebamme ein solcher Lärm dringt? Beherrsch dich, Thérèse!"

Durch den Lärm wohl begann der Kleine zu schreien. Thérèse trat ans Bettchen, nahm das Kind heraus und setzte sich mit ihm auf den Stuhl. Sie öffnete die Knöpfe ihres Kleides und legten den Jungen an die Brust.

„Gehen Sie, Monsieur", sagte sie. „Und sagen Sie meiner Mutter Bescheid, ich will sie sprechen."

Am übernächsten Tag kam Madame Levasseur, in Begleitung von Rousseau.

„Thérèse, du wolltest mich sprechen."

Madame Levasseur ging durchs Zimmer und nahm auf dem Stuhl am Fenster Platz. Rousseau blieb am Eingang des Zimmers stehen.

„Monsieur Rousseau möchte, dass ich das Kind weggebe. Ich will meinen Sohn aber auf jeden Fall behalten. Was sagst du dazu, Mutter?"

„Ich stimme Herrn Rousseau zu. Wir können uns einen zusätzlichen Esser nicht leisten, Thérèse. Von der kompromittierenden Situation, dass du ein uneheliches Kind hast, will ich gar nicht anfangen. Dein Vater war immerhin staatlicher Münzbeamter, da ist so etwas mehr als peinlich. Herr Rousseau kann, wie er mir vorgerechnet hat, nicht mehr als bisher zu unserem Lebensunterhalt beitragen. Damit ist die Sache für mich entschieden."

„Ich kann doch wieder Weißnäherin werden, Mutter. Du weißt, ich hatte sogar adlige Kunden, und ich würde Tag und Nacht arbeiten, wenn ich das Kind behalten darf. Und Monsieur Rousseau könnte mich ja auch heiraten."

„Schweig jetzt, Thérèse. Das sind alles nur Flausen in deinem Kopf! Ich werde dich jetzt mit Monsieur Jean-Jacques allein lassen, damit er dich zur Vernunft bringt." Mit diesen Worten machte Thérèses Mutter auf dem Fuß kehrt und ging ohne ein weiteres Wort zur Tür. Auf ihr Enkelkind hatte sie nicht einmal geschaut.

Thérèse begann zu weinen. Sie warf sich auf das Bett.

Rousseau trat zu ihr.

„Du hast gehört, was deine Mutter denkt, Thérèse. Ich werde nicht in der Lage sein, meine Studien und meine schriftstellerische Tätigkeit fortzuführen, wenn ich ständig an den Broterwerb für eine Familie denken muss. Du kannst doch nicht wollen, dass ihr, du und das Kind, ein Klotz an meinem Bein seid, eine Fessel für meine Entwicklung, gerade jetzt, wo ich neue Wege vor mir sehe. Und es war von vorneherein klar, dass ich dich nie heiraten werde. Das wusstest du, bestreite das nicht! Wir bringen das Kind ins Findelhaus. Dort wird es ihm gut gehen, wie den vielen anderen Kindern, die dort abgegeben werden. Es kann auf dem Land leben, eine Amme wird für seine Ernährung sorgen. Später lernt es ein anständiges Handwerk oder arbeitet auf einem Bauernhof. Das ist doch sogar besser, als dass es den Versuchungen der Stadt ausgesetzt ist. Von dem Einfluss deiner schrecklichen Familie, wenn es bei uns bliebe, will ich erst gar nicht sprechen. Und wenn du es später willst, kannst du das Kind ja zurückholen. Wir heften einen Namen und Zeichen in seine Windel, dann können wir es wiederfinden, nicht wahr?"

Thérèses Weinen war in Schluchzen übergegangen. Sie drehte sich zur Wand.

Rousseau strich ihr über den Kopf.

„Mademoiselle Gouin wird das Kind gleich nehmen und wegbringen. Sie weiß Bescheid. Adieu, Thérèse. Du wirst sehr bald erkennen, dass es so das Beste ist."

Er beugte sich zu Thérèse und hauchte einen Kuss auf ihr Haar.

Als Mademoiselle Gouin wenig später ins Zimmer trat, um den Jungen zu holen, hatte Thérèse ihren Kopf im Kissen vergraben, niemand sollte ihr Weinen hören.

Sie drehte sich nicht um. Auf ihren Sohn einen letzten Blick zu werfen, das würde ihr das Herz brechen.

Sie hat ihr Kind niemals wiedergesehen.

♣

Im[1] Zeitalter des Absolutismus entstanden in Paris viele Findelhäuser. Jedes dreißigste Kind, das das Licht der Welt erblickte, wurde dort abgegeben. Anonym, am Schalter des Findelhauses. Gewöhnlich stammten die Findelkinder aus der niederen Klasse des Volkes. Oft war es wirtschaftliche Not, die Eltern veranlasste, ihre Kinder dem Schicksal im Findelhaus zu überantworten. Auch Mütter unehelich geborener Kinder, nicht selten von den Kindsvätern dazu gedrängt oder gezwungen, setzten ihre Kinder auf diese Weise aus.

Darüber hinaus war es in den besseren Kreisen im Frankreich des achtzehnten Jahrhunderts üblich geworden, die Kinder in den ersten Monaten von einer Amme versorgen und bei ihr aufwachsen zu lassen.

Die allgemeine Kindersterblichkeit war hoch, jedes fünfte, zuhause aufgezogene Kind verstarb im ersten Lebensjahr. Demgegenüber waren aber mehr als zwei Drittel aller Kinder im Findelhaus bereits nach einem Jahr tot.

Überlebende Findlingskinder wurden mit ihrer Amme aufs Land geschickt. Auch dort war ihre Sterblichkeit außerordentlich. Überlebten sie länger, wurden sie meist nur zur Arbeit herangezogen und nicht in die Schule geschickt. Ab dem zwölften Lebensjahr mussten sie in die Lehre gehen. Nur einige Fälle sind bekannt, in denen Findelkinder sich über ihr klägliches Schicksal haben erheben können. Allgemein hielt man sie für charakterlich verdorben, die Mädchen für hässlich. Wer Findel-

---

[1] Die folgenden Informationen sind entnommen aus Esquiros, Alphonse, Paris, oder die Wissenschaften, öffentlichen Anstalten und die Sitten im neunzehnten Jahrhundert, Zweiter Band. Stuttgart, J.B. Müller's Verlagsbuchhandlung 1848; Auslassungen durch den Verfasser sind mit drei Punkten in eckigen Klammern gekennzeichnet.

kind gewesen war, setzte später meist seine eigenen Kinder auch wieder aus.

„[...]

Im vorigen Jahrhunderte (im 18. Jahrhundert; d. Verf.) wollte Frau von Epinay die beiden ersten Kinder Jean Jacques Rousseau's aus dem Findelhause zurückziehen. Dies war aber unmöglich, denn man konnte sie nicht mehr auffinden, obgleich ihr Vater bei ihrer Ablieferung die Vorsicht gebraucht hatte, bestimmte Zeichen in ihre Windeln zu machen.[2]

[...]

Es gibt wohl Eltern, welche ihr Kind nicht für immer verlassen, nachdem sie es dem Findelhause übergeben haben. ...

In Paris sind aber derartige Bemühungen immer vergebens.

[...]

Die Verwaltung des Findelhauses be(ob)achtet das strengste Geheimniß über die empfangenen Kinder gegen Jedermann, und gibt sie nur unter strenger Beobachtung der vom Gesetze vorgeschriebenen Formen wieder zurück.

[...]

In Paris wird von hundert Findelkindern etwa eins wieder zurückverlangt.

[...]

Die Eltern sind gehalten, der Anstalt alle Kosten der Verpflegung zurückzuerstatten.

[...]

Solche Beispiele der Zurückforderung der Findelkinder sind leider sehr selten. Gewöhnlich vergessen die Frauen ihre Pflichten für immer, sobald das Kinde dem Findelhause übergeben ist. Ich will nichts von Denen sagen, welche ihre Kinder nach einigen Jahren wieder zu

---

[2] Ebd., S. 222.

erlangen suchen, und dann erfahren, daß es gestorben sey. Leider ist das der gewöhnliche Fall.

[...]

Die Verwaltung mußte Vorsichtsmaßregeln treffen, um die Spur der Kinder nicht zu verlieren, welche sie Ammen aufs Land gibt. [...] In vielen Anstalten wurden die Register der Aufgenommenen und der auf's Land gebrachten Kinder schlecht oder gar nicht geführt."[3]

♣

Jean-Jacques Rousseau, der Urvater der antiautoritären Bewegung[4]
„Eine lange und unbeschwerte Kindheit wird unserer Jugend historisch noch nicht lange zugestanden.

[...]

Jahrhunderte, bevor Erziehungsratgeber die Bücherschränke von Familien erobern sollten, erschien im Jahr 1762 der Roman *Èmile*. Sein Verfasser: der Schriftsteller und Philosoph Jean-Jacques Rousseau. [...] *Émile* wurde das meistgelesene Erziehungsbuch der Weltliteratur.

[...]

Der Roman *Émile* hatte eine enorme Durchschlagskraft. [...] Eltern versuchten ihre Kinder nach seinen Prinzipien zu erziehen, viele Generationen von Pädagogen wurden durch ihn beeinflusst.

[...]

Es gibt nicht wenige, die Rousseau auch heute noch als Urvater der antiautoritären Bewegung betrachten."

♣

---

[3] Ebd., S.222 ff.
[4] Im Folgenden Schiekiera, K., in morgenpost.de/familie; 20.09.2010,9.51 Uhr; Layout-Veränderungen vom Verfasser.

„Während ich in Chenonceaux dicker wurde[5], wurde meine arme Thérèse auf andre Art in Paris dicker, und als ich zurückkam, fand ich das Werk, das ich zustande gebracht (Thérèse zu schwängern; der Verf.) weiter gefördert, als ich geglaubt hatte. Bei meiner Lage hätte mich dies in eine grenzenlose Verlegenheit gebracht, wenn meine Tischgenossen mir nicht die einzige Hilfe, welche mich daraus retten konnte, gewährt hätten.
[...]
Bei Frau la Selle fuhr ich fort zu speisen ...; ich vernahm dort eine Menge sehr ergötzlicher Anekdoten und nahm auch nach und nach, zwar nie gottlob die Sitten, aber die Grundsätze an, welche ich dort herrschen sah. Betrogene ehrliche Leute, getäuschte Ehemänner, verführte Frauen, heimliche Entbindungen waren dort die gewöhnlichsten Gesprächsgegenstände, und der, welcher am besten das Findelhaus bevölkerte, war stets der, welcher am meisten beklatscht wurde. Das steckte mich an, ich bildete meine Art zu denken nach der, welche ich bei sehr liebenswürdigen Leuten herrschen sah, und sagte mir: weil es Sitte des Landes ist, so kann man, wenn man darin lebt, sie befolgen. Da lag das Auskunftsmittel, das ich suchte. Ich entschloss mich dazu leichten Herzens ohne den geringsten Gewissensbiss, und der einzige, den ich zu überwinden hatte, war der Thérèses, bei der ich alle erdenkliche Mühe hatte, sie zu diesem einzigen Mittel, ihre Ehre zu retten, greifen zu lassen. Ihre Mutter, die obendrein diese neue Kinderstubenschererei fürchtete, kam mir zu Hilfe und so ließ sie sich besiegen. Man wählte eine schlaue und sichere Hebamme, die Mademoiselle Gouin hieß, um ihr den Schatz anzuvertrauen, und als die Zeit gekommen, wurde Thérèse von ihrer Mutter zu der Gouin geführt.

---

[5] Rousseau, Jean-Jacques, Die Bekenntnisse, Anaconda Köln 2014, S. 409ff.

[...]
Ich ging mehrere Male, sie zu besuchen, und brachte ihr einen Namenszug, den ich doppelt auf zwei Karten geschrieben; einer wurde in die Windeln des Kindes gelegt, und so wurde es durch die Hebamme im Büro des Findelhauses in der gewöhnlichen Weise abgeliefert. Im folgenden Jahre dieselbe Verlegenheit und dasselbe Auskunftsmittel, mit Ausnahme des Namenszugs, der vergessen wurde; von meiner Seite keine größeren Bedenken, vonseiten der Mutter kein größeres Einverstandensein – sie gehorchte seufzend.

[...]
Während ich über die Pflichten des Menschen philosophierte, kam ein Ereignis, das mich über meine eigenen besser nachdenken lehrte. Thérèse wurde zum dritten Mal schwanger. Zu aufrichtig gegen mich selbst, im Innern zu stolz, meine Grundsätze durch meine Handlungen Lügen strafen zu wollen, begann ich die Bestimmung meiner Kinder und meine Verbindung mit deren Mutter zu untersuchen, nach den Gesetzen der Natur, der Gerechtigkeit und der Vernunft und jener reinen und heiligen Religion, die wie ihr Schöpfer ewig ist, die die Menschen befleckt haben, indem sie sie reinigen wollten, und aus der sie durch ihre Formeln nur eine Wortreligion gemacht haben – in Anbetracht, dass es wenig kostet, das Unmögliche vorzuschreiben, wenn man sich davon dispensiert, es auszuführen. Wenn ich mich in meinen Ergebnissen täuschte, so war nichts so merkwürdig als die Seelenruhe, mit der ich mich ihnen hingab. Wenn ich zu jenen niedrig geborenen Menschen gehört hätte, die taub gegen die süße Stimme der Natur sind, in deren Innern nie ein wahres Gefühl für Gerechtigkeit und Menschlichkeit aufkommt, so würde diese Verhärtung ganz einfach gewesen sein.
[...]

Nein, ich fühle es und spreche es laut aus – es ist nicht möglich; nie, nicht einen Augenblick seines Lebens hat Jean-Jacques ein Mensch ohne Herz, ohne Sitten, ein unnatürlicher Vater sein können.

[...]
Und was meine Kinder anging, so glaube ich, als ich sie der öffentlichen Erziehung überließ, weil ich sie nicht selbst erziehen konnte und sie lieber dafür bestimmte, Handwerker oder Bauern zu werden als Abenteurer oder Glücksjäger, als Bürger und Vater zu handeln und betrachtete mich als ein Mitglied der Republik Platos.

[...]Mein drittes Kind wurde also ins Findelhaus gebracht wie die beiden andern, und mit den zwei folgenden war es ebenso; denn ich hatte in allem fünf."[6]

„Das Leben und die Person[7]
Zu den Themen, die uns Jean-Jacques Rousseau stellt, gehört seine Person; sie war der eigentliche Gegenstand der Anfeindung und (also) auch der unausgesetzten Selbstrechtfertigung.

[...]
Nicht immer braucht man das Leben und die Person, um das Werk und die Wirkung eines Menschen zu verstehen."

♣

Ist das so?
Kann man die Person und ihre Handlungen vom Werk trennen, wenn die ersten beiden so viele Fragen und Kritik aufwerfen, letzteres auch heute noch zu Bewunderung und Erstaunen Anlass gibt?

---

[6] Ebd., S. 426f.
[7] Im Folgenden von Hentig, Hartmut, Rousseau oder Die wohlgeordnete Freiheit, 1. Auflage, Beck, 2004, S. 19ff.; Layout- und Interpunktions-Veränderungen vom Verfasser.

Liegt nicht „die Aufgabe der Philosophie (.) zum einen im kritischen Denken, zum anderen im gut geführten Leben"?[8]

Ist ein Philosoph glaubwürdig und damit ein valider Ratgeber, der in seinem Tun seine eigenen Grundsätze verleugnet hat, der anders schreibt und redet als handelt? Hat sich der Autor des berühmtesten Erziehungsratgebers der Weltliteratur ad absurdum geführt, weil er sich um fremde Kinder sorgte, aber seine eigenen Kinder ausgesetzt und dem Verderben und wahrscheinlichen Tode anheimgegeben hat?

Andererseits:

Sähe die Welt heute anders, schlechter aus, hätte Jean-Jacques Rousseau Anstand besessen und sich auf seine Familienpflichten besonnen?

Aber auch – heiligt der Zweck jemals die Mittel?

Was sagt Rousseau selbst?

„Nach dem Beispiel so vieler anderer will ich nicht die Hand ans Werk legen, sondern an die Feder, und anstatt das Erforderliche zu tun, will ich mich es zu sagen bemühen. Ich weiß recht wohl, dass die Verfasser bei ähnlichen Unternehmungen in ihren Systemen, mit deren praktischer Ausführung sie sich nicht zu befassen brauchen, mit der größten Seelenruhe und in der oberflächlichsten Weise viel prächtig klingende, aber ganz unpraktische Vorschriften zu machen pflegen."[9]

---

[8] Grabner-Haider, Die wichtigsten Philosophen, marixverlag, 3. Aufl. 2009, S. 32.
[9] Rousseau, Jean-Jacques, Émile oder Über die Erziehung, ebd., S. 43.

Literatur

Esquiros, A., Paris, oder die Wissenschaften, öffentlichen Anstalten und die Sitten im neunzehnten Jahrhundert, Zweiter Band. Stuttgart, J.B. Müller's Verlagsbuchhandlung 1848

Von Hentig, H., Rousseau oder Die wohlgeordnete Freiheit, 1. Auflage, Beck, 2004

Rousseau, J.-J., Die Bekenntnisse, Anaconda Köln 2014

Rousseau, J.-J., Émile oder Über die Erziehung, Aus dem Französischen von Hermann Denhardt, Anaconda Köln, 2010

Schikiera, K., in morgenpost.de/familie; 20.09.2010,9.51 Uhr

Wille, H.J., Die Gefährtin. Das Leben der Therese Levasseur mit Jean Jacques Rousseau, Henschelverlag Berlin 1952

Der Gruppen-Kaspar
Oder
Nein, meine Gruppe mag ich nicht!

Er ist drei
Und steht vor einer Tür.
Eins, drei, zwei
Insgesamt sind's – vier.

Er soll die Tagesgruppe[10] wählen
Dafür muss er zählen.
Darf bestimmen, kritisieren,
Soll probieren, protestieren.
Die Türen sind so groß
Was macht der Kaspar bloß?
Er weint und setzt sich einfach hin.
Wo ist Mama? Da kommt – die Erzieherin.

Geh doch in die Zweite rein,
Da ist noch Platz – Kaspar sagt nein.
Vielleicht nimmst du die dritte Tür?
Da sitzt die Vier.
In Eins und Vier sind auch noch Stühle leer,
Du hast die Wahl, bitte sehr!
Kaspar brüllt, verzieht das Gesicht.
Nein, meine Gruppe – mag ich nicht.

---

[10] Im offenen Kindergarten- oder Kita-Konzept werden die Kinder nicht einer festen Gruppe zugeteilt, sondern suchen sich jeden Tag die Gruppe aus, in der sie ein bestimmtes Angebot wahrnehmen wollen.

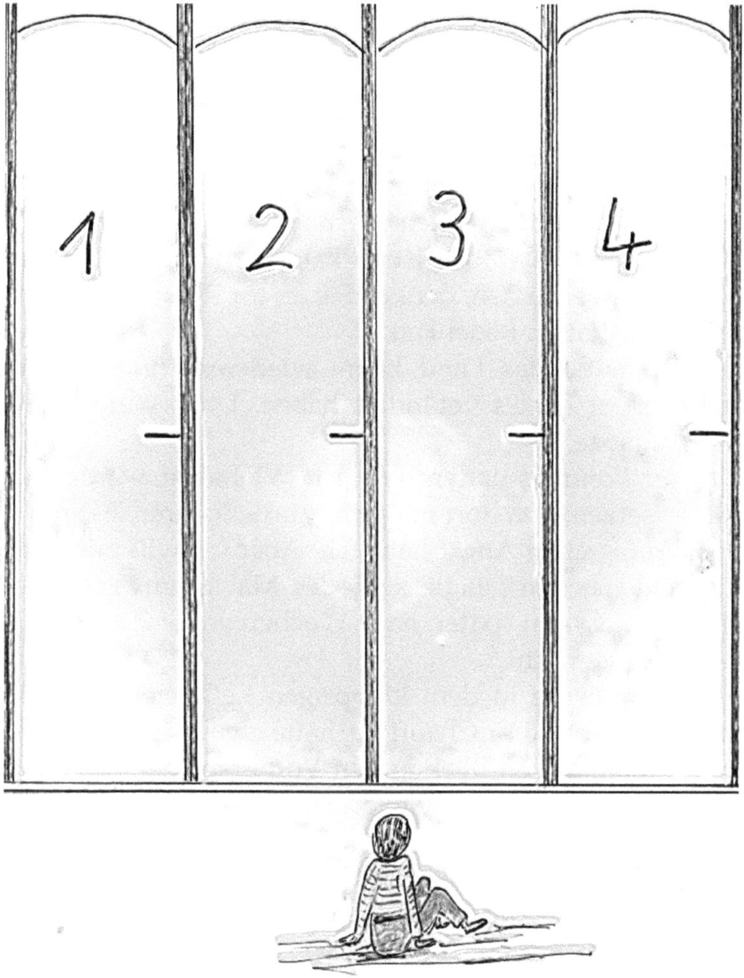

Er ist drei
Und sitzt vor einer Tür.
Eins, drei, zwei
Insgesamt sind's – vier.

Von den Riesen und von den Zwergen

Man hatte sie gefragt. „Warum wollen Sie noch einmal dort hinfahren? Da oben ist es kalt, Sie werden den Sonnenschein vermissen, denken Sie an Ihr Rheuma!"

Einige hatten Bedenken.

„Du wirst das Land kaum wiedererkennen, es soll sich dort so vieles verändert haben. Du bist doch jetzt hier zuhause."

Ihre Freunde hatten gewarnt. Vielleicht werde man sie festsetzen, von dort nie mehr zurückkehren lassen.

„Ein bisschen Angst habe ich. Aber ich will mir selbst ein Bild machen", hatte sie jedes Mal geantwortet und sich irgendwann später, nach Wochen voller Zweifel, auf den Weg gemacht.

Jetzt saß sie in dem klapprigen Leihwagen, den sie am Flughafen samt Chauffeur hatte chartern können. Sie warf einen kurzen Blick in den Vorderspiegel, dann seitlich auf ihren jungen Begleiter. Sie stiegen aus.

Mit den Alten hätten sie irgendein Problem, so hatte es geheißen. Dass man ihnen etwas vorwerfe. Was, das wusste man anderenorts nicht. Immer wieder in den letzten grüblerischen Wochen war ihr das Gleichnis von dem Zwerg und dem Riesen durch den Kopf gegangen.

A dwarf standing on the shoulders of a giant may see farther than the giant himself.[11]

---

[11] „Ein Zwerg, der auf den Schultern eines Riesen steht, kann weiter sehen als der Riese selbst."
Robert Burton, zitiert nach wikipedia, „Zwerge auf den Schultern von Riesen"; 22.03.2020; 9.15 Uhr;

Das Auto hielt an, wurde eingeparkt, sie stiegen aus. Sie hakte sie sich bei ihrem Fahrer ein, nach dem langen Flug war sie ein wenig wacklig auf den Beinen. Er wich zur Seite, sie spürte seine Abwehr, aber dennoch schritt sie Arm in Arm mit ihm zur Eingangstür des Supermarktes, den er ausgewählt hatte, weil er ganz in der Nähe des Flughafens lag. Dort würde sie sich für die kommenden Tage zunächst einmal etwas Proviant besorgen müssen.

Die riesige Leuchtreklame auf der Vorderseite des Gebäudes blinkte abwechselnd rot, grün und blau. Der Vorraum des Supermarkts war grell erleuchtet. Eine über die ganze Breite sich erstreckende Barriere aus dunklem Holz versperrte den Zutritt. Links und rechts konnte man zwei Türen erkennen. In großen Leuchtbuchstaben „Bürger" über der linken, „Alte" auf der rechten.

Links herrschte Gedränge, am rechten Eingang war es fast menschenleer, so, als ob es hier keine alten Leute mehr geben würde. Aber einkaufen, essen, trinken, sich versorgen, leben – das mussten sie doch auch! Nur ein einziger älterer, sehr dünner Mann und eine alte Frau mit spitzem eingefallenem Gesicht zeigten dem Wärter ihre Papiere vor. Sie selbst hielt sich mit ihrem Begleiter links. Hoffentlich würden die Wächter nichts merken.

Die zwei Kinder, vielleicht vier, fünf Jahre alt, die vor ihr an der Hand ihrer Mutter liefen, hatten begonnen zu brüllen. Der Jugendliche rechts neben ihr bedrohte seinen Vater mit der Faust. Die Erwachsenen rundherum lächelten, nickten den Kindern und dem Jugendlichen zu und blickten dabei nach oben zur Decke des Supermarktes. Dort waren mehrere Kameras installiert.

Früher hatte es in den Läden, den zahlreichen Fast-Food-Restaurants viele Kinder gegeben. Lachende, laute, nervige, aber augenscheinlich fröhliche, nicht bösartige.

Sie zwängte sich durch das Drehkreuz. Zwischen den Gummibändern, die den weiteren Durchgang begrenzten, hatte sich eine lange Schlange langsam dahintrippelnder Menschen gebildet. Sie rückte näher an ihren Begleiter heran, flüsterte:

„Können Sie mich aufklären? Was ist hier los?"

Augenblicklich verdüsterte sich sein Gesicht, er blickte starr nach vorn. Seine Miene war finster. Dann stieß er hervor:

„Unser Land, unsere Zukunft! Die Alten sind schuld, dass ..."

Bevor er den Satz beendet hatte, ertönte eine Sirene von dem in der Mitte des Supermarkts aufgerichteten Turm herunter. Sie verschluckte jedes weitere Wort. Ein Laserstrahl lief gleich darauf durch die Menge. Offensichtlich scannte er die Besucher. Er blieb bei einer älteren Frau und einem Mann hängen. Sie zeigten sofort Papiere in Richtung der über Kopf angebrachten Kameras. Die Frau wurde mit einem Leuchtsignal und einer Lautsprecherdurchsage zum Heraustreten aus der Schlange aufgefordert. Sie verschwand mit einer jungen Angestellten hinter einer Sichtschutzwand, die sich ein paar Meter weiter auf der rechten Seite im Supermarkt befand.

Sie selbst passierte die Laserschranke ungehindert. Die Gummibänder endeten hier. Sie befand sich im innersten Teil des Marktes. Wo war sie gestrandet? Warum hatte sie sich als alter Mensch in ein Land begeben, in dem die Alten nicht geachtet, sondern geächtet wurden?

Vor der Sichtschutzwand standen zwei Frauen, die vom rechten Eingang, die aus der Schlange und ein Mann, der Magere von vorhin. Sie trugen jetzt auf dem Kopf Kappen mit mehreren Schellen und weiße Kittel, *Alte* stand vorn auf der Brust. Die Mutter mit ihren beiden Sprösslingen ging zu ihnen. Die zwei Frauen knieten sich sofort nieder, neigten die Köpfe, blickten zu Boden. Die Kinder wurden auf den Rücken gesetzt.

Was war das für ein Schauspiel?

„Hüh, hott!", rief die Mutter und gab den beiden Menschenpferden einen Klaps auf den Rücken. Die zwei Kleinen brüllten jetzt nicht mehr. Sie lachten.

„Hüh, hott", kreischten sie und gaben ihrem beweglichen Untersatz die Sporen. Los ging der fröhliche Ritt, begleitet von leisem Schellengeläut und aufbrandendem Beifall der Erwachsenen.

Da waren sie, die Zwerge! Drückten die Alten, die Riesen zu Boden, warfen sie in den Staub anstatt auf ihren Schultern zu stehen und damit weiter sehen zu können als diese selbst.

Die Mutter verschwand im Einkaufsmarkt. Der Magere stand nun allein vor der Wand, schaute unter sich, wartete wohl auf den nächsten Reiter.

Während die Zuschauer weiter nickten und in die Kameras lächelten, erbrach sie auf den Boden. Der Laserstrahl blieb bei ihr hängen und eine junge Angestellte führte sie hinter die Wand.

Am Tower oben rotierte das elektronische Spruchband:[12]

Die Jugend ist unsere Zukunft!

---

[12] Öffentliche Demütigung als Mittel von Ausgrenzung findet sich, sowohl in der neueren wie neuesten Geschichte, häufig. Erst 1806 wurde in Preußen der Spießrutenlauf abgeschafft. Der Delinquent musste durch die Gasse laufen und bekam von jedem Teilnehmenden einen Streich mit einer Rute. Sechsmaliges Spießrutenlaufen kam der Todesstrafe gleich; meist endete sie für den Delinquenten auch entsprechend. Im Dritten Reich zwang man jüdische Mitbürger zum Tragen des Davidssterns. Von der Kulturrevolution in China (1966-1976), die maßgeblich von jugendlichen Rotgardisten getragen wurde und sich gegen revisionistische Autoritäten wandte, weiß man, dass in Ungnade gefallene Parteigenossen durch die Städte getrieben, mit Fußtritten traktiert und bespuckt wurden. Man hängte ihnen Plakate um, auf denen ihre Verfehlungen benannt waren. Viele wurden ermordet. Insgesamt forderte die Kulturrevolution 1,5 bis 1,8 Millionen Todesopfer.
(deutschlandfunk.de/staatlich-verordnete-anarchie-vor-50-jahren-begann-die.724.de.html?dram:article_id=353310; 04.04.20110.43 Uhr)

Die Ballade von Johanna

Eine Jungfrau, fast noch Kind
Sieht und hört Dinge
Die andren verborgen sind.
Retten will sie ihr Land.
Verlässt drum der Eltern
Behütende Hand.

In der Festung angekommen
Wird sie erst nicht ernst genommen.
Ob sie die Wahrheit verkündet?
Oder zusammenreimt, erfindet?
Mädchen, du hast keine Mission,
Nur einen Wahn, eine Vision!

Sie wird vom Richter ins Gefängnis gesteckt,
Befragt, untersucht, des Nachts geweckt.
Hat Himmel oder Hölle sie gesandt?
Ist sie dumm? Hat sie Verstand?

Machen ihre Träume Sinn?
Kann man ihr glauben?
Taugt sie als Befreierin?
Man sendet sie aus, auf Reisen
Sie bewegt, hat Erfolg
Kann sich beweisen.

Bewundert, als Heldin verehrt,
Kämpft sie, redet und belehrt.
Wetterwendisch ist des Volkes Liebe
heute Beifall, morgen Hiebe.
Johanna rettet nicht ihr Land
Auf dem Scheiterhaufen wird sie – verbrannt.

Johanna von Orleans
oder
Jeanne d'Arc

im 15. Jahrhundert Kämpferin für die Befreiung Frankreichs; sie hielt sich für von Gott, der durch Visionen zu ihr sprach, auserwählt. Zunächst wurde sie als wahnsinnig verlacht, dann gläubig verehrt und bewundert. Für einige Zeit war sie erfolgreich in ihrer Mission, an der Spitze der Soldaten die Engländer zu vertreiben und dem Dauphin zur Königswürde zu verhelfen. Als sich die Interessen der Mächtigen (Karls des VII und seines Gefolges), für die sie benutzt worden war, änderten, ließ man sie fallen. Am Ende wurde ihr so lange der Prozess gemacht, bis den Engländern und ihren Parteigängern das Urteil gefiel. Am 30. Mai 1431 verbrannte man sie, neunzehnjährig, auf dem Scheiterhaufen in Rouen.

Ihr Andenken ist zwiespältig. Ein Prozess, den noch ihre Mutter anstrengte, rehabilitierte sie im Jahr 1456, ließ die Schuldigen allerdings ungeschoren, teils waren sie auch schon verstorben. 1909 wurde sie von Pius X selig-, 1920 von Benedikt XV heiliggesprochen. Seitdem ist sie Schutzheilige Frankreichs und avancierte im 19. Jahrhundert zum Nationalmythos der Franzosen. In der Literatur ist ihr Bild uneinheitlich. Voltaire schrieb im 18. Jahrhundert eine vielgelesene Satire, durch die sie der Lächerlichkeit preisgegeben wurde. Schiller hob sie mit seinem Drama *Jungfrau von Orleans* sowie dem Gedicht *Das Mädchen von Orleans* (beides 1801 erschienen) auf ein Podest, einen Ehrenplatz für Menschen, die für ihre Überzeugungen durchs Feuer gehen. Im Gedicht macht der Meister die unterschiedliche Wertung durch die Öffentlichkeit zum Thema.

„Im tiefsten Staube wälzte dich der Spott, […]
dich schuf das Herz, du wirst unsterblich leben."

Grenzen

Die Zeit zwischen den einzelnen Schulstunden war kurz. Fünf Minuten, oft zu wenig für Miss, um pünktlich zu sein. Sie hastete von der Fünf hinaus, eilte durch den grell beleuchteten Gang mit den dunkelgrün gummierten Wänden. Ihre Tasche mit den neuen Unterrichtsmaterialien für die nächste Klasse war schwer, so dass der Trageriemen in die Schulter einschnitt. Wie würde die Acht dieses Mal reagieren?

Im Klassenraum war es ruhig. Die Schüler saßen auf ihren Plätzen. Kein „Buh" oder „Raus", als sie eintrat. Der unerwartete Gegensatz, die Stille, war unheimlich. Sie ergriff das Klassenbuch und nahm hinter dem Lehrerpult Platz.

An die regelmäßige Eintragung in die Listen hatte sie sich erst gewöhnen müssen, immer noch vergaß sie es manchmal. Die Überprüfung der Anwesenheit, das Nachhalten, wer fehlte oder zu spät kam, Entschuldigungen fürs Fernbleiben vom Unterricht – das alles war erst seit Schuljahresbeginn wieder eingeführt worden. Die Schüler hatten laut und vehement gegen die neuen Regeln protestiert. Es war sogar zum dreitägigen Schulstreik gekommen, so dass einige Kollegen in der Konferenz dafür plädiert hatten, die neuen Bestimmungen zurückzunehmen, da man sie ohnehin nicht werde durchsetzen können. Aber Kollege Schmidt, der in diesem Schuljahr die Schule leiten sollte, war hart geblieben. Hoffentlich würde heute wenigstens der Stundenanfang einmal glatt über die Bühne gehen.

Immer bei Unterrichtsbeginn, wenn ihre Hände feucht wurden, der Schweiß auf die Stirn trat oder ihr Herzschlag davoneilte, kam ihr die Mutter in den Sinn. Die Zwiesprache mit ihr, als ob sie noch lebte.

Doch, Mama, ich habe deinen Beruf gewählt. Ich arbeite, bin unabhängig. Aber es sind deine Schuhe, die ich angezogen habe. Mir passen deine Schuhe nicht. Ich hätte nicht auf dich hören sollen. Schreiner oder Tierarzt, da ist fast alles gleich geblieben, das hätte ich werden sollen. Weißt du noch, wie du immer gesagt hast, nur wenn es Freude macht, kann man etwas leisten? Aber Freude und Unsicherheit, Freude und diese furchtbare Angst, die schließen sich nun einmal aus. Es waren damals andere Zeiten, es liegt nicht nur an mir.

Miss rief sich zur Ordnung, zwang sich, das Abschweifen ihrer Gedanken und das Gespräch mit der Mutter zu beenden.

Sie sah die Mädchen und Jungen der Klasse an. Aber sie erwiderten ihren Blick nicht, schwiegen weiter, warum auch immer. Miss schaute zu Laura, suchte ihren Blick.

Wie hatte Mama stets von ihren Schülern geschwärmt! Manchmal waren Ehemalige zu Besuch gekommen, Mama hatte sie umarmt, sie hatten sich über die alten Zeiten am Kaffeetisch ausgetauscht und miteinander gelacht. Obwohl – oder weil Mama auch mit ihren Schülern so streng gewesen war? Miss erinnerte sich an eins von Mamas Lieblingswörtern. Grenze. Das hatte sie immer gerufen, wenn Miss mal wieder übers Ziel hinausgeschossen war, zum Beispiel ihr Zimmer einer Müllhalde glich, deren Mama ansichtig wurde, oder wenn sie die vereinbarte Zeit um mehr als fünf Minuten überschritten hatte. Blöde Grenzen, hatte sie stets gedacht, aber war genau dafür Mama später dankbar gewesen. Dass sie sich immer die Mühe gemacht hatte, sie zu korrigieren oder aufzuhalten, wenn etwas schief lief. Heute sollten sich Eltern und Erzieher zurückhalten, die Freiräume der jungen Menschen nicht einengen. Miss war sich zunehmend unsicherer geworden, ob das sinnvoll war, ob die jungen Leute das wirklich wollten, ob es ihnen gut tat.

Laura hatte sie von Anfang an gemocht. Das Mädchen sprach selten, aber wenn sie sich zu Wort meldete, spürte man, dass sie eine Führerschaft im Kreise der Jugendlichen erlangt hatte, um die sie wohl nicht gekämpft hatte, die ihr aufgrund der Stärke, die sie ausstrahlte, zugefallen war. Aber auch Laura erwiderte ihren Blick nicht, ihre Miene war eisig, feindselig, verschlossen.

Miss schlug die Klassenliste auf. Das war noch Frau Meiningers Handschrift. Wie es ihr wohl ging, nachdem sie mitten im Schuljahr beurlaubt worden war? Wenn Frau Meininger nicht so plötzlich verschwunden wäre, hätte sie selbst die Stelle hier gar nicht bekommen. Eigentlich war Miss Elementarlehrerin. Aber man hatte sie dort nicht brauchen können, die wenigen offenen Plätze waren begehrt und immer schnell vergeben. Selbst die, die für den Unterricht der älteren Schüler ausgebildet waren, setzten alles daran, im Primarbereich zu arbeiten, auch wenn sie dafür auf eine erhebliche Summe Geldes verzichten mussten. Vorkommnisse in den Elementarschulen, die gab es auch. Aber sie hatten immer noch eine andere Qualität.

Im Lehrerzimmer hatte Miss über Frau Meininger nichts Genaues erfahren können. Nur der alte Herr Schwalm war etwas deutlicher geworden.

„Die Nerven. Sie hat den Druck, die Drohungen, den Terror nicht mehr ausgehalten."

„Wer denn? Die Kinder? Die Eltern? Oder die Kollegen?", hatte sie ihn noch fragen wollen, aber da war er schon eilig aus dem Lehrerzimmer verschwunden gewesen.

Sie ging die Namen durch. Adam Szykowski. Sie kannte ihre Schüler erst seit zwei Wochen, aber sie war sicher, dass Adam fehlte. Dunkles lockiges Haar, zierlich, überlegt und altmodisch-wohlerzogen. Ein sympathischer Junge. Er antwortete höflich, wenn man ihn etwas fragte. Seine Antworten waren auf die gestellten Fragen bezogen, nicht zusammenhangloses Geschrei, das Beifall erheischte. An den Lernstationen hatte er sich stets so lange aufgehalten, bis er sich einen Eindruck verschafft hatte. Das zeigten seine Aufzeichnungen, die er danach konzentriert anfertigte, während so mancher andere nur Blätter aus den Stapeln zog und Flieger daraus faltete. Er hatte es in einer solchen Klasse sicher schwer. So wie er waren Mamas Schüler, so waren Kinder früher wohl gewesen. Der Junge hatte in der letzten Reihe gesessen.

„Wo, wo ist Adam?"

Keine Antwort. Ob wirklich keiner etwas wusste? Dann eine Stimme:

„Der drückt sich doch, der Feigling! Will sich die Hände nicht schmutzig machen!"

Miss suchte die Stimme des Sprechers, hätte gerne nachgefragt, aber sie war verstummt. Sie schrieb *Adam* ins Klassenbuch, den Nachnamen fügte sie nicht hinzu.

Sie erhob sich. Es wurde Zeit, die Materialien auszulegen. Die Möglichkeit für die Kinder, herumzugehen, sich vielleicht auch etwas mit dem Stoff zu beschäftigen, falls er ihre Aufmerksamkeit erlangen konnte, würde vermutlich die eigentümliche, bedrohliche Stille auflösen. Miss ging herum, verteilte die Papiere an den vier Stationen, drei unterschiedliche Stöße für jede Leistungsstufe, der die jeweiligen Schüler in der Klasse angehörten. Da es keine Noten mehr gab, keine differenzierten Schulformen und Abschlüsse, war den Schülern die Einordnung in die Lernniveaus gleichgültig. Sie wussten nichts über Qualitätsstandards. Das hätte zu einer Differenzierung in der Klasse führen können, vielleicht auch zu etwas Ehrgeiz – aber das war nicht gewünscht. So nahm Miss jedenfalls wahr, was von oben, von der Schulaufsicht, kam.

Der Lärmpegel war mittlerweile angeschwollen. Sobald die Schüler nichts mit sich anzufangen wussten – was meistens der Fall war – fingen sie an zu rennen, zu streiten, zu schreien.

War das ihre Antwort auf die große Freiheit von Kindesbeinen an? Waren sie einfach überfordert, orientierungslos den vielen Entscheidungen gegenüber, die sie fällen sollten? Hatte sie das glücklicher, reifer gemacht?

Miss ging zum Pult, klatschte zwei Mal in die Hände. Eigentlich war Klatschen das mit den Schülern vereinbarte Zeichen, dass Lehrer oder Lehrerin etwas sagen wollten. Da aber mehrere herumliefen, einige schrien und ein paar Schüler, die Lärmempfindlichen, Kopfhörer aufgesetzt hatten, verhallte das Zeichen zunächst unbemerkt.

Sie musste den neuen Stoff doch vorstellen, das methodische Vorgehen erläutern! Ohne diese beiden Schritte konnte sie die Unterrichtsreihe nicht von den Schülern genehmigen lassen. Eine neue auszuarbeiten, das würde ihre Kraft übersteigen.

Miss versuchte es noch einmal. Sie klatschte in die Hände, dann ein zweites Mal.

Laura stellte sich neben die Lehrerin. Sie erhob beide Hände.

„Haltet sofort eure Klappe!", schnauzte sie ihre Mitschüler an.

In der Klasse wurde es augenblicklich still, alle, die herumgelaufen waren, setzten sich hin. Laura nahm den auf der Tafel liegenden, hölzernen Zeigestock, schlug, knallte ihn gegen die Wand, drei Mal. Einen Moment war es totenstill. Daraufhin begannen die Schüler zu klatschen, trampelten eine Weile mit den Füßen, dann erhoben sie sich von ihren Plätzen. War das ein Zeichen? Hatten sie etwas abgesprochen? Laura hielt den Zeigestock hoch. Wie eine Trophäe, wie eine Waffe. Sie stieß Miss auf den Stuhl am Lehrerpult, unverständliche Laute voll Aggression und Wut drangen aus ihrem merkwürdig verzerrten Mund. Mit der linken Hand krallte sie sich in die Schulter ihrer Lehrerin.

Miss sah in die dunkel aufgerissenen Augen der anderen Kinder, die sie nun an ihrem Schreibtisch umringten. Sie erhob die Hände über ihren Kopf, als Laura mit der Prügelstrafe begann.

„Warum?", flüsterte Miss.

Aber niemand antwortete ihr.

Stimmen

J.-J. Rousseau, 1762

„Keine Gewohnheit zu haben muss des Kindes einzige Gewohnheit sein. Man trage es sowohl auf dem einen wie auf dem anderen Arm, man gewöhne es nicht daran, eine Hand lieber als die andere zu geben oder sich derselben öfter zu bedienen, zu bestimmten Stunden zu essen, zu schlafen, zu wachen, oder weder bei Tage noch bei Nacht allein zu bleiben. Schon von früh auf muss man es für die dereinstige selbständige Benutzung seiner Freiheit und Anwendung seiner Kräfte dadurch vorbereiten, dass man dem Körper seine natürliche Gewohnheit lässt, es in den Stand setzt, stets Herr seiner selbst zu sein und seinen Willen, sobald es erst einen haben wird, überall zur Ausführung zu bringen."[13]

M. Winterhoff, 2008

„Kleinkinder außer Rand und Band, Zehnjährige, für die Respekt vor den Eltern und Lehrern ein Fremdwort ist, 17-Jährige, die nicht mehr arbeitsfähig sind – Kinder an die Macht? [...]

Kinder sind keine kleinen Erwachsenen: Nur wenn unsere Kinder wieder wie Kinder behandelt werden, können sie in einem positiven Sinne lebensfähig werden. Ein Buch für alle, die verhindern wollen, dass unsere Gesellschaft ihre Kinder eines Tages hassen wird ..."[14]

---

[13] Rousseau, J.-J., Emile oder Über die Erziehung, a.a.O., S. 71.
[14] Winterhoff, M., Warum unsere Kinder Tyrannen werden.
Oder: Die Abschaffung der Kindheit, Gütersloher Verlagshaus, 12. Aufl., Gütersloh 2008, Auszug Klappentext.

Kurz gefasst

Kinder hatten in den Anfängen keinerlei Rechte.[15] Schützten die leiblichen Eltern durch angeborene Zuneigung ihren Nachwuchs? Wohl mehr als unvollkommen. Sowohl in der griechischen wie römischen Antike war es den Vätern – in eingeschränktem Maße auch den Müttern – erlaubt, die eigenen Kinder auszusetzen und sie damit dem wahrscheinlichen Tode preiszugeben. In der römischen Republik durfte der *Pater familias* sein Kind töten, ohne Strafe befürchten zu müssen. Behinderte Kinder waren von Rechtlosigkeit besonders betroffen. Noch Luther beispielsweise hielt sie für vom Teufel gezeugte Wesen, die man „ersäufen" sollte.[16]

Jugend, definiert als die Phase zwischen Kindheit und Erwachsensein, ist ein relativ junger Begriff. Ab 1800 taucht er öfter auf, wird bald zunehmend negativ verwendet, Jugendliche aufgrund ihrer Unreife als durch Kriminalität und Verwahrlosung sowie sozialistische Ideen gefährdete Personen gesehen. Ab 1900, im Zuge der Jugendbewegung, wird der Begriff eher positiv besetzt, die Jugend als Motor der Geschichte gesehen. Jugend als Chiffre für Dynamik, Neuerung und den Willen, verkrustete oder entfremdete Formen der Kultur zu überwinden, wurden von der älteren Generation schon früh genutzt, zum Beispiel im Jugendstil.

---

[15] Siehe hierzu auch
https://de.wikipedia.org/wiki/Kindheit;
https://de.wikipedia.org/wiki/Jugend;
https://de.wikipedia.org/wiki/Alter;
13.6. 2019, 17.42 Uhr
[16] https://katholisches.info/2017/07/26/martin-luther-ueber-behinderte-die-man-ersaeufen-sollte/ 11.06., 12.15 Uhr

Jugend und Jugendlichkeit wurde zu einem eigenen Wert, einer Art Jugendmythos, der bereits 1930 einen prominenten Kritiker fand, Ortega y Gasset: „Ein Geist allgemeiner Hanswursterei weht durch Europa."

In der Lebensphase Jugend soll(t)en die Jugendlichen Fähigkeiten und Fertigkeiten in der Schule und Berufsausbildung erwerben. Erst durch die Industrialisierung schieden die Jugendlichen für diese Zeit aus dem Erwerbsleben aus, während sie in den vormals agrarischen Gesellschaften Wissen und Fähigkeiten durch frühesten Arbeitseinsatz erwarben. Jugendlichkeit ist heute vor allem ein Ziel älterer Jahrgänge; man imitiert jugendliche Moden, aber auch Lebensstile der Jugend wie beispielsweise Spontaneität, dem Gegenpol zu Besonnenheit und Abwägen. Das findet auch Kritiker.

„Der Jugendlichkeitswahn wird zum Wahn dann, wenn er von den Älteren propagiert wird. Jugend ist die Droge derjenigen, die nicht alt werden können."[17]

Alter ist physiologisch die Lebensphase, in der die Kräfte des Menschen schwächer werden; sie endet mit dem Tod. In den meisten Kulturen werden oder wurden die *Alten* mit Ehrerbietung behandelt, aufgrund ihrer Erfahrung, Reife und ihres Wissens als Ratgeber geschätzt.

„Trau keinem über dreißig", „Unter den Talaren Muff von tausend Jahren" sind allseits bekannte Sprüche aus der 68-er-Generation und markieren, ebenso wie bekannte Buchtitel dieser Zeit, „Sechzig Jahre und kein bisschen weise" von Curd Jürgens oder dem Songtext „Mit sechsundsechzig Jahren, da fängt das Leben an" von Udo Jürgens Veränderungen des *Fremd- und Selbst*bildes alter Menschen.

---

[17] Kreissl, R., Methusalem in Disneyland, https://www.deutschlandradio.de/archiv/dlr/sendungen/feuilleton/ 351922/index.html; 13.6.2019, 8.30 Uhr.

Sie machen wohl Witze ...

Die junge Generation hat auch heute noch Respekt vor dem Alter, allerdings nur noch bei Wein, Whiskey und Möbeln.
Truman Capote[18]

Sagt, ist noch ein Land, außer Deutschland, wo man die Nase eher rümpfen lernt als putzen?
Georg Christoph Lichtenberg[19]

Altsein ist herrlich – für die Jungen, die Witze darüber machen.
Curd Jürgens[20]

Nur ein Narr feiert, dass er älter wird.
George Bernard Shaw[21]

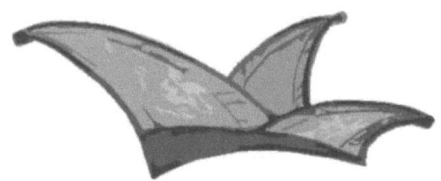

---

[18] Schwarzer Humor. Der große Zitatenschatz – scharfzüngig, boshaft, politisch unkorrekt. Edition XXL o.J.u.O., S. 23.

[19] Ebda., S. 130.

[20] Ebda., S. 25.

[21] Ebda., S. 24.

2

Revolution

**Will man
konservieren,
muss man zur rechten Zeit
reformieren.**

Friedrich Wilhelm Leopold Pfeil
1844

Herr Maximilien und die Tugend

Die Personen der Geschichte

Familie de Robespierre:
François
Jacqueline geb. Carrault
Maximilien
Charlotte
Henriette
Augustin

Camille und Lucile Desmoulins

Georges-Jacques Danton

Die Deputierten und Abgeordneten:
Fleury
Payen
Le Cointre
Louvet

Familie Duplay:
Monsieur und Madame Duplay
Éléonore
Elisabeth
Victoire

Ludwig der XVI und Marie-Antoinette

Die Henker:
Charles Henri Sanson
Martin Sanson
Henri Sanson

Joseph Fouché

Place de la Révolution,
10. Thermidor im Jahr II der Republik

„Merci, Monsieur."
Herr Maximilien nickte mit dem Kopf, nahm das angebotene Tuch entgegen und betupfte damit behutsam seine Wange.

♣

Arras,
6. Mai 1758
Sechsunddreißig Jahre früher

„Mademoiselle, bitte beruhigen Sie meine Frau endlich! Bei diesem Geschrei kann ich keinen einzigen vernünftigen Gedanken fassen!"

Mademoiselle Debayé, die Hebamme, gab François de Robespierre, der im Salon an seinem Schreibtisch saß, keine Antwort. Sie schüttelte stattdessen unmerklich den Kopf und huschte mit der Schüssel heißen Wassers, das sie in der Küche bereitet hatte, zurück in das Schlafzimmer, in dem sich Jacqueline seit dem Morgen befand. Mon dieu, jeden Tag wurden auf der Welt unzählige Kinder geboren, da musste man doch nicht so einen Aufruhr machen! Aber Jacqueline war eben verwöhnt. Ihr Vater, dieser wohlhabende Brauer, hatte sie seit Kindesbeinen verhätschelt.

Wieder Schreie, Seufzen, Stöhnen. So jedenfalls ging es nicht weiter, das konnte ja noch bis in die Nacht dauern, wie sollte man das aushalten und dabei arbeiten? François klopfte an die Schlafzimmertür. Sie öffnete sich aber nicht. Jetzt trommelte er. Wieder eine ganze Weile dauerte es, bis die Hebamme endlich den Kopf zur Tür herausstreckte.

„Was wollen Sie? Monsieur, Ihre Frau liegt in den Wehen!"

„Deshalb braucht sie aber nicht den ganzen Tag zu schreien, das ist doch etwas völlig Natürliches, was jeden Tag ungezählte Male auf dieser Welt passiert. Ich hatte Ihnen den Auftrag gegeben, diesem infernalischen Lärm ein Ende zu bereiten!"

„Monsieur, verstehen Sie doch, die erste Geburt ist immer die schwerste."

Mademoiselle Debayé schickte sich bei diesen Worten an, die Tür zu schließen. Dann erschien ihr Kopf jedoch noch einmal.

„Das stimmt so nicht ganz, nicht wahr? Die letzte Geburt, die übertrifft sie noch bei weitem."

Die Hebamme schloss die Tür und ließ einen einigermaßen verblüfften Monsieur de Robespierre zurück. Was hatte sie mit der letzten Bemerkung gemeint? Irgendwie unerhört, dass sie ihn zurechtwies, jedenfalls hatte es den Anschein gehabt. Das nächste Mal würde er eine andere bestellen, da war er sich sicher.

Es würde ihm wohl nichts anderes übrig bleiben, als eine Weile auszugehen und ein paar Besorgungen zu machen. Helfen konnte er sowieso nicht, die Natur hatte ihren eigenen Lauf.

Als François in der Dämmerung zurückkam und die Tür zum Salon öffnete, schrie Jacqueline immer noch oder schon wieder. Allerdings, wie ihm schien, ein klein wenig leiser als am Morgen. Dann hörte man eine geraume Weile gar nichts. François ließ sich auf die Chaiselongue fallen, vielleicht konnte man sogar ein kleines Nickerchen machen. Plötzlich ein markerschütterndes Geheul, in das sich nur wenige Sekunden später ein dünner Schrei mischte. Dann Wimmern, Heulen, Weinen – und Lachen. Die Schlafzimmertür öffnete sich und Mademoiselle Debayé sagte:

„Sie können jetzt hereinkommen, Monsieur. Ihre Frau hat die Geburt überlebt."

„Und das Kind?", lag es François auf den Lippen. Aber das würde er ja gleich wissen. Er eilte zum Schlafzimmer.

Jacqueline lag mit geschlossenen Augen auf ihrem Kissen. Das Neugeborene war in ein Laken geschlagen und in ihren Arm gebettet. Francois beugte sich zu seiner Frau hinunter und küsste sie auf die Wange.

„Es ist ein Junge, François", flüsterte Jacqueline. „Ich hoffe, du bist zufrieden. Aber versprich mir, dass ich das nicht noch einmal durchmachen muss, wenigstens nicht so schnell, ich bitte dich!"

François blickte zur Hebamme und bedeutete ihr mit der Hand, hinauszugehen.

„Jacqueline, für eine solche Diskussion ist der Zeitpunkt sehr ungünstig gewählt. Ich habe das Kind noch nicht einmal angeschaut. Aber, wenn man seinen Spaß haben will, und den hatten wir doch beide, dann kostet das etwas und man muss eben dafür bezahlen."

„Ich, François, ich muss dafür bezahlen, du nicht. Ich wäre bei der Geburt beinah gestorben, sagt die Hebamme. Ich bin jung, der Tod macht mir Angst. Und für das Kind will ich eine Mutter sein, nicht auf dem Friedhof liegen."

„Das wird sich alles finden, Jacqueline. Die erste Geburt ist immer die schwerste, das hat mir die Hebamme gesagt. Sei ganz ohne Furcht! Und ich werde auch Rücksicht nehmen, das verspreche ich dir. Aber jetzt lass mich auf das Kind sehen. Mon dieu, es ist winzig, Jacqueline! Nun", Francois zögerte einen Moment, „lass uns den Kleinen Maximilien nennen, dann ist er wenigstens dem Namen nach der Größte, nicht wahr?", lachte er.

In den folgenden fünf Jahren schenkt Jacqueline de Robespierre weiteren drei Kindern das Leben: Charlotte kommt 1760, Henriette im Jahr darauf und Augustin 1763 zur Welt. Kurz darauf ist sie wieder schwanger. Die Niederkunft des fünften Kindes kündigt sich im Sommer 1764 an.

16. Juli 1764

Jacqueline hatte wieder auf Mademoiselle Debayé bestanden. Beim zweiten Kind hatte François noch protestiert, aber schnell nachgegeben. Jacqueline vertraute der Hebamme, die ihr nun schon so oft in schweren Stunden beigestanden hatte.

Wenn er sich an die erste Geburt erinnerte, so überraschte ihn heute die Stille dort hinter der Schlafzimmertür. Ab und an hörte er zwar jemanden hin und her gehen, dann und wann schien auch ein leichtes Stöhnen vernehmbar, aber Jacqueline hatte noch nicht ein einziges Mal geschrien. Wahrscheinlich verlief die Geburt leicht, weil sie schon vier Kindern das Leben geschenkt hatte.

„Monsieur de Robespierre", die Hebamme stand plötzlich in der Schlafzimmertür. Sie schloss sie leise, aber hastig. „Ich muss Sie bitten nach dem Arzt zu schicken. Ich kann für Jacqueline nichts mehr tun."

Diese Hebamme war unverschämt, warum nannte sie seine Frau wie eine Freundin beim Vornamen?

„Wie darf ich das verstehen, Mademoiselle Debayé? Könnten Sie sich etwas genauer äußern?"

„Die Wehen hören immer wieder auf, das Kind scheint quer zu liegen. Ihre Gattin hat schon sehr viel Blut verloren."

„Madame de Robespierre hatte drei leichte Geburten in Folge, das kann doch gar nicht möglich sein. Vielleicht machen Sie etwas falsch!"

„Monsieur, vier Kinder in fünf Jahren sind für einen so zarten Körper zu viel. Das habe ich Ihrer Frau bei der letzten Geburt gesagt und sie gewarnt. Aber offensichtlich hat sie es Ihnen nicht mitgeteilt, so dass Sie keine Rücksicht darauf nehmen konnten. Sie ist viel zu schnell wieder schwanger geworden."

François verschlug es für einen Moment die Sprache. Was bildete sich diese Hebamme ein, sich in solche Überlegungen einmischen zu wollen?

Mademoiselle Debayé sprach allerdings sofort weiter, ohne eine Antwort von ihm zu erwarten oder ihm Zeit dafür zu lassen.

„Es wäre sicher sinnvoll, dass Sie auch die Kinder herbeiholen. Vielleicht möchte Jacqueline sie noch einmal sehen, wenn sie aufwacht. Ich glaube nicht, dass Mutter und Kind den heutigen Tag überleben werden." Sie schwieg einen Moment.

„Monsieur, Ihre Frau liegt im Sterben."

Mademoiselle Debayé verschwand hinter der Schlafzimmertür.

Erst die letzten Worte der Hebamme hatten François' Gehirn wirklich erreicht. Jacqueline würde sterben, ihn mit den vier Kindern zurücklassen? Sie hatten ihr gemeinsames Leben doch gestern erst begonnen. Und er hatte auch noch Schuld daran? Weil er nicht auf Jacquelines' Gesundheit und Kräfte geachtet hatte, stattdessen nur auf seinen eigenen Spaß aus gewesen war? Seine Augen füllten sich mit Tränen, vielleicht auch ein wenig aus Mitleid mit sich selbst. Er musste nach dem Doktor und den Kindern schicken.

Es dauerte nicht lange, bis sie eintrafen. Der Doktor verschwand sofort im Schlafzimmer, François wartete mit den Mädchen und Jungen im Salon.

„Monsieur de Robespierre", der Arzt trat nach einiger Zeit aus dem Schlafzimmer, „leider muss ich die Einschätzung der Hebamme bestätigen."

Er trat ganz nah an Robespierre heran, dann flüsterte er:

„Das Leben Ihrer Frau kann auch ich nicht retten, und das des Kindes ebenso wenig. Es gibt keine Lebenszeichen mehr von sich, ich stelle keine Herztöne fest, keinerlei Bewegung. Ich werde das Kind nachher", der Arzt hüstelte, „herausschneiden, damit es ordentlich bestattet werden kann, an allem anderen wird das leider nichts ändern. Wir können nur warten, bis der Herr Ihre Frau zu sich holt. Sie sollten mit den Kindern Abschied nehmen, Madame de Robespierre ist momentan wach. Ich bedaure das Ganze unendlich und zutiefst."

Bei diesen Worten verneigte sich der Doktor und ging in das Sterbezimmer zurück.

Ob die Kinder, die sonst ständig tobten oder schrien, etwas vom Geschehen erahnten? Sie saßen auf der Chaiselongue, Maximilien, Charlotte und Henriette hatten sich an den Händen gefasst und schwiegen, Augustin schlief.

François bedeutete Maximilien mit der Hand, zu ihm an den Schreibtisch zu treten. Der Junge erhob sich sofort und stand kerzengerade vor seinem Vater.

„Maximilien, du bist der Älteste. Eure Mutter wird", François zögerte einen Moment, „nicht mehr lange bei uns sein. Ich erwarte Haltung von dir, sonst machst du ihr den Abschied noch schwerer. Du wirst ihr wie ein kleiner Mann deine Stärke zeigen, ihr die Gewissheit geben, dass du nach ihrem Tod gut weiterleben kannst und ein vernünftiger Junge sein wirst, der im Leben zurechtkommt. Hast du das verstanden?"

Maximilien nickte mit dem Kopf. Dann drehte er sich kurz um und wischte mit dem Ärmel seiner Jacke die Tränen aus seinen Augen. Er würde es der Mutter so leicht wie möglich machen und seinen jüngeren Geschwistern zeigen, wie man sich im Angesicht des Todes zu verhalten hatte.

♣

Der Vater hat seine geliebte Frau verloren, bald werden die Kinder auch ohne ihn sein. Nicht lang nach dem Tod der Mutter überlässt François die Söhne Maximilien und Augustin der Obhut der Großeltern mütterlicherseits, die beiden Mädchen werden von François' Schwestern aufgenommen. Ihren Vater werden die Kinder nur noch wenige Male sehen, er geht in Europa auf Reisen und stirbt 1777 in München.

Maximilien und Augustin besuchen das Collège in Arras; aufgrund exzellenter Leistungen und Förderung durch den Abt des Klosters Saint-Waart sowie den Bischof de Conzié erlangt Maximilien ein Stipendium am renommierten Collège Louis-le-Grand in Paris, wo Augustin später, auch durch seines Bruders Fürsprache, ebenfalls angenommen wird.

Maximilien fällt in der neuen Schule durch außerordentlichen Ehrgeiz und Fleiß, korrektes Betragen, Begabung und Können auf. Er wird ausgewählt, vor Ludwig dem XVI, der mit seiner Gattin Marie Antoinette der Schule einen Besuch abstatten wird, eine Rede in Latein zu halten.

Zu diesem Zeitpunkt ist er siebzehn Jahre alt.

Paris,
Juni 1775

Camille Desmoulins stand seit mindestens einer Stunde wieder am Fenster im zweiten Stock von Louis-le-Grand und blickte hinab zu Maximilien. Wie hatte er seinen Kameraden beneidet! Für alle Studenten und die Professorenschaft stellvertretend zum König sprechen! Dass Maximilien diese ehrenvolle Aufgabe übernehmen sollte, war seit Tagen Gesprächsstoff in den Gängen und Sälen gewesen, bis hinunter zu den jüngeren Schülern. Camille gestand sich ein, dass Maximilien diese Ehre verdient hatte. Seit Jahren war er beständig Klassenbester und sein Benehmen stets tadellos. Wobei letzteres nicht für ihn selbst zutraf. Gute Leistungen brachte er auch, wenn auch nicht so exzellente wie Maximilien. Aber er hatte oft Unsinn im Kopf und vor allem schaute er gern den Mädchen nach, eine Sünde, deren man Maximilien nicht zeihen konnte. Ihn schienen nur die Wissenschaft und seine Bücher zu interessieren.

Maximiliens Kleider hingen an seinem Leib. Wenn er wenigstens irgendeine Kopfbedeckung zum Schutz gegen den Regen aufgehabt hätte. Aber er war natürlich barhäuptig, so wie es sich für ein Treffen mit dem König gehörte. Seine sonst stets gekämmte und gepuderte Perücke war augenscheinlich triefnass und hatte jede Form verloren. Camille hatte schon einmal bei einer seiner Tanten einen Parapluie gesehen, den hätte Maximilien jetzt gut gebrauchen können. Aber Männer besaßen und benutzten so etwas Neumodisches nicht.

Camille wollte sich schon wieder in seinen Klassensaal begeben, da nahm er auf der Straße Bewegung, Aufruhr wahr. Ob die royale Kutsche jetzt endlich eintreffen würde? Welchen Weg würde der König dann durchs Gebäude nehmen? Könnte man einen Blick auf ihn und vor allem auf die junge Königin erhaschen?

Tatsächlich, da war sie, die Kutsche des Königs. Camille sah Maximilien sich auf die Knie werfen und den Kopf senken. Das Gespann hielt an, der Wagenschlag wurde geöffnet. Jetzt würde das Herrscherpaar aussteigen!

Der Regen hatte sich in den letzten Minuten noch verstärkt. Er prasselte, trommelte auf Dächer und Straßen – und auf Maximiliens gesenkten Nacken. Die Tür der Kutsche war weiterhin geöffnet, aber König und Königin stiegen nicht aus. Ganz kurz erschien der Kopf des Monarchen, er nickte den versammelten Professoren und Studenten und dem am Boden kauernden Maximilien zu, dann verschwand sein Kopf wieder im Wageninnern. Ob das Herrscherpaar gar nicht aussteigen wollte? Würden Sie nicht ins Gebäude kommen? War ihnen der Regen zu heftig, die Straße zu schlammig? Maximilien hatte den Kopf jetzt etwas erhoben. Er schien zu warten. Ob er nun seine lateinisch verfasste Ergebenheitsadresse in Richtung der geöffneten Tür deklamieren würde? So musste es wohl gewesen sein. Denn nur einige Minuten später schloss sich der Wagenschlag und König und Königin fuhren ohne weiteren Gruß eilig in der Kutsche davon. Maximilien erhob sich von seinen Knien, er klopfte sich verstohlen die Kleider ab, vermutlich hatten ihn die Pferde des Königs und die Wagenräder der Kutsche mit Schlamm bespritzt. Er ging zu den Professoren, verneigte sich, wartete einen Moment auf Entlassung und ging gesenkten Hauptes zurück ins Louis-le-Grand. Wie gedemütigt musste er sein, wie hatte der König mit seiner Missachtung Maximiliens Ergebenheit und Stolz verletzt. Camille musste den Kameraden nachher fragen und vielleicht konnte er ihn sogar ein bisschen trösten. Bestimmt würde Maximilien diesen Tag niemals vergessen!

♣

Maximilien de Robespierre schließt 1781 sein juristisches Examen am Louis-le-Grand ab; für seine exzellenten Leistungen wird ihm eine Gratifikation von 600 Livres zuteil. Er erreicht, durch tatkräftige Unterstützung seiner Tanten und die Hilfe katholischer Würdenträger, die Aufnahme seines Bruders Augustin am Louis-le-Grand.

Er lässt sich als Anwalt in seiner Heimatstadt Arras nieder, gefördert durch den Advokaten Liborel. Einige Zeit lebt er bei einer seiner Tanten. Durch den „Blitzableiterfall", in dem er für einen weiteren Förderer, Buissart, plädieren darf und den Prozess gewinnt, erlangt Robespierre einige Berühmtheit, wozu er selbst kräftig beiträgt. Er lässt seine Plädoyers, die eigentlich Buissart verfasst hat, drucken, erwähnt deren Autor jedoch mit keinem Wort und verschickt sie an hochgestellte Persönlichkeiten, unter anderem Benjamin Franklin. Er genießt die Aufmerksamkeit und leidet, wird sie ihm verwehrt. 1783 mietet er ein Haus in der Rue des Jésuites und bezieht es mit seiner Schwester Charlotte, die sich fortan um ihren Bruder kümmert.

Arras,
15. November 1783

Charlotte saß schon seit Stunden im Salon. Sie hatte schlecht geschlafen, weil es wieder so kalt war und auch nichts nutzte, wenn man sich die Bettdecke bis zur Nase hochzog. Diese merkwürdige Luft, dieser trockene Nebel, wie die Leute ihn nannten. Er kroch durch alle Ritzen herein und behinderte das Atmen. Im Kamin prasselte das Feuer und machte den Aufenthalt angenehmer. Wenn nur Maximiliens Perückenmacher sein Werk ein wenig schneller verrichten würde, damit sie endlich mit dem Frühstück beginnen könnten. Aber das war nicht zu erwarten. Maximilien bestand auf korrektem, ausgiebigem Kämmen, da durfte nicht eine Locke schief sitzen. Und das Pudern musste ebenfalls ordentlich erfolgen, sonst würde Maximilien seine Unzufriedenheit lautstark äußern. Charlotte war schon öfter Zeuge solcher Auseinandersetzungen geworden. Sie hatte den Tisch selbst gedeckt. Brot, Konfitüre, Butter, und vor allem Käse und Quark, das einzige, was Maximilien regelmäßig beim Frühstück zu sich nahm.

Als sie am Anfang zusammengezogen waren, hatte sie versucht, Maximiliens Lieblingsspeisen herauszufinden, aber das war unmöglich. Er schien nur zu essen, um sich zu ernähren, ein notwendiges Übel, um zu überleben. Man konnte ihm mit noch so schönen Eierspeisen oder süßen Teigwaren keine Freude machen. Dann und wann versuchte es Charlotte wieder einmal, aber bisher waren ihre Versuche, den Bruder zu verwöhnen, immer fehlgeschlagen und hatten sie selbst enttäuscht zurückgelassen.

Endlich öffnete sich die Tür des Salons. Maximilien nickte Charlotte kurz zu. Er setzte sich nicht hin, sondern lief zunächst in seiner typischen Art herum: einige Schritte ganz schnell, dann hielt er inne, ging nun unnatürlich langsam, um dann seinen Schritt erneut zu beschleunigen. Er schwieg.

„Willst du dich nicht setzen, Maximilien? Du solltest etwas essen, du siehst gar nicht gut aus heute Morgen."

Maximilien warf Charlotte einen verärgerten Blick zu, setzte sich dann aber doch ihr gegenüber auf seinen Platz.

„Bedrückt dich etwas, Maximilien?", versuchte Charlotte ein Gespräch in Gang zu bringen.

„Nein, mich bekümmert nichts, außer, dass du nun schon zum zweiten Mal versuchst, meine Gedanken zu unterbrechen. Du müsstest mich inzwischen gut genug kennen, dass mir oberflächliches Geplauder zuwider ist. Und da ich heute die Entscheidung der Akademie erwarte und am Morgen bei meiner Schreibtischarbeit in einer wichtigen Angelegenheit zu keinem Schluss gelangt bin, aber in Kürze ins Gericht gehen muss, bitte ich dich inständig um Ruhe, Charlotte."

Charlotte senkte etwas den Kopf, beobachtete Maximilien nur verstohlen, um ihn nicht weiter zu verärgern. Seine Gesichtsfarbe war ungesund, wahrscheinlich machte ihm der trockene Nebel und die Kälte noch mehr zu schaffen als ihr. Sein Gesichtsausdruck war wie immer ernst, angestrengt. Die Augen hatte er zusammengekniffen, so dass die für sein Alter viel zu steile Falte zwischen den Augenbrauen erschien. Mit seinen fünfundzwanzig Jahren hätte er das Leben genießen müssen, tanzen, das Theater besuchen, Frauen. Nichts von alledem schien ihn zu interessieren. Er vergrub sich regelmäßig bis zum Abend in seine Arbeit, nur auf seinen Spaziergang verzichtete er nie, ganz gleich, wie unfreundlich das Wetter sein mochte. Ob diese Freudlosigkeit, diese oft getrübte Laune durch den frühen Tod der Mutter und des Vaters Verschwinden bedingt war? Oder weil sie Henriette vor drei Jahren zu Grabe getragen hatten?

Charlotte würde sich weiter den Kopf zermartern müssen, um ihren Bruder in eine bessere Gemütsverfassung zu bringen. So viel asketische Enthaltsamkeit und Tugend war ungesund!

♣

Charlottes und ihrer Tanten Versuche, Maximilien dem weiblichen Geschlecht näher zu bringen, scheitern. Eine Mademoiselle Desharties, Stieftochter einer der Tanten Robespierres, tritt kurz in sein Leben, man hofft auf Vermählung, aber Robespierre entschließt sich „auf die Freuden des Privatlebens (zu verzichten), um sich in die politische Karriere zu stürzen."[22]

Die juristische Karriere in Arras entwickelt sich zunächst sehr gut.

Robespierre macht sich in kurzer Zeit einen Namen als „Anwalt der Armen"; gleichzeitig wird sein Fortkommen aber weiter durch mächtige Gönner und Förderer unterstützt. Man beruft ihn als Richter ans bischöfliche Patrimonialgericht, eine große Ehre für den jungen Anwalt, weil für das Amt eigentlich eine Berufszeit von

---

[22] So Charlotte Robespierre in ihren Memoiren, zit. n. Schultz, U., Der König und sein Richter, Ludwig XVI und Robespierre, C.H.Beck, München 2012, S. 47.

zwölf Jahren erforderlich ist. Die neue Aufgabe ist mit finanziellen Vorteilen und weniger Arbeit verbunden. Als Robespierre einen Verbrecher zum Tode verurteilen soll, legt er sein Amt nieder; zu damaliger Zeit ist er ein strenger Gegner der Todesstrafe.

Am 15. November 1783 nimmt man ihn in der Akademie von Arras, „eine(.) jener zahlreichen sich im Land etablierenden Institutionen, in denen sich amateurhafte Gelehrsamkeit mit gesellschaftlicher Ambition harmonisch verband"[23], auf; sein Gönner Buissart hat ihm die Türen geöffnet.

1784 beteiligt er sich an der Beantwortung der Preisfrage, die die Akademie von Metz gestellt hat. Er gewinnt den Wettbewerb nicht, sein Text wird aber der Erwähnung und des Druckes für würdig befunden und Robespierre erhält eine Medaille. In dieser frühen Schrift erkennt man kaum den späteren radikalen Revolutionär; er plädiert noch für Reformen und gegen eine gefährliche Revolution, aber er erwähnt bereits den Begriff der Tugend, mit dem sich sein Vorbild Rousseau auseinandergesetzt hat. „Dieser Zwiespalt, im Habitus des bürgerlichen Biedermanns mit gepuderter Perücke die Ziele der Revolution und Republik zunächst zu verbergen und dann bis zur mörderischen Realisierung zu steigern, wird sein Leben bestimmen."[24]

In den Folgejahren agiert Robespierre durch übermäßigen Ehrgeiz nicht immer glücklich. Die Anzahl seiner Fälle vor Gericht geht zurück. Er beschäftigt sich intensiver mit dem Gedanken an eine politische Karriere.

Wieder unterstützt ihn seine Familie, als er sich 1789 um die Wahl zum Delegierten des dritten Standes für die Stadt Arras in die Versammlung der Generalstände bewerben will. Robespierre verfasst heftige Polemiken, um

---

[23] Schultz, U., a.a.O., S. 69.
[24] Schultz, U., a.a.O., S. 71.

die Wähler auf seine Seite zu ziehen. Für Agenten, die Wählerbeeinflussung betreiben könnten, fehlt Robespierre das Geld. Sein Bruder Augustin springt ein und zieht agitierend von Dorf zu Dorf. Charlotte gewinnt Madame Marchand, die Direktorin der Zeitung von Arras, für die Parteinahme zugunsten des Bruders. Nach einer Menge von Schwierigkeiten und Verwicklungen wird Robespierre am Ende der Wahlgänge gewählt.

Er verlässt seine Heimatstadt Richtung Paris, nachdem er sich von Madame Marchand das Reisegeld hat leihen müssen. Was er als Garderobe mitnimmt, ist bekannt: zwei schwarze Anzüge aus Wollstoff bzw. Samt, zwei Westen, eine aus Satin, sechs Hemden, drei Paar weiße Strümpfe aus Seide, zwei Paar Schuhe, einen schwarzen Mantel, diverse Kleinigkeiten wie Fäden und Nadeln, ein Paket mit Memoranden.

Und ein Säckchen Puder für seine Perücke.

Versailles, Rue Saint-Elisabeth, Mai 1789

„Wie findest du ihn, Fleury?"

Der Angesprochene nahm, anstatt zu antworten, einen tiefen Schluck Rotwein aus seinem Becher. Er wiegte seinen großen Kopf gemächlich und ernsthaft hin und her, dann schob er den Becher in die Mitte des hölzernen Gasthaustisches.

„Ich bin mir nicht sicher, Payen. Unsereins hat mit solchen Leuten ja eigentlich wenig zu tun. Ich kann ihn nicht einschätzen, er ist mir ein wenig unheimlich."

„Aber er ist doch ein glühender Verfechter unserer Interessen!"

„Gerade das macht mir ein wenig Angst, Payen. Immerhin ist er adlig, der Monsieur de Robespierre."

„Das stimmt, aber das *de* zeigt doch nur an, dass er kein Handwerker ist. Dass er so gebildet ist und gut reden und schreiben kann, ist unserer Sache nützlich, Fleury. Denk nur an die vielen Streitschriften, die er verfasst und in denen er den Adel und die Reichen angegriffen hat. Und für unseren Stand hat er sich besonders eingesetzt, wegen dem Militärdienst. Dass der uns von unserer Arbeit fern hält."

Bauer Fleury und Bauer Payen, zwei der fünf Abgesandten aus dem Artois für die Versammlung der Generalstände, schwiegen nun eine Weile. Fleury winkte den Wirt herbei und bestellte einen weiteren Becher Wein.

„Aber merkwürdig ist er schon", nahm Fleury das Gespräch wieder auf. „Schau mal, er trinkt niemals Wein, immer nur Wasser, geht abends sofort nach dem Essen in sein Zimmer, sitzt fast nie länger bei uns, und wenn einmal, spricht er so vornehm, dass man ihn kaum verstehen kann. Und er kleidet sich wie ein Herr, mit seinen seidenen Hemden und den feinen Röcken. Da kommt man doch ins Grübeln, ob er wirklich einer aus dem Volk, ja das Volk selbst ist, wie er ständig behauptet. Und mit den Weibern hat er auch nichts, glaube ich."

„Du trinkst nur, Fleury, um die Weiber kümmerst du dich auch nicht."

„Das ist etwas ganz anderes, Payen. Ich habe Frau und Kinder zuhause, aber Monsieur de Robespierre ist doch nicht verheiratet, oder?"

Die beiden Männer schienen durch so viel Reden erschöpft. Wieder schwiegen sie eine Weile. Fleury nippte dann und wann an seinem Wein, er gähnte und stützte seinen Kopf auf den rechten Arm.

„Comte de Mirabeau hat auch über ihn gesprochen", meldete sich Payen noch einmal zu Wort. „Ich stand im Menus-Plaisirs[25] hinter ihm und hab's genau gehört. ‚Er wird weit gehen, denn er glaubt alles, was er sagt, der Monsieur de Robespierre', das waren seine Worte. Ich glaube, das ist so ähnlich wie das, was du gesagt hast, Fleury, dass er dir unheimlich ist, oder?"

♣

Ludwig XVI hat die Generalstände, erstmalig nach einhundertfünfundsiebzig Jahren, einberufen, weil Gespräche mit der Versammlung der vom König ernannten Notabeln über die Bewilligung neuer Steuern 1787 auf unerwarteten Widerstand gestoßen sind. Diese Steuern und Abgaben sind aber zur Abwendung des Staatsbankrotts unbedingt erforderlich. Der Dritte Stand, das Bürgertum, verlangt im Vorfeld die Verdoppelung seiner Delegierten; Ende des Jahres 1788 hat der König diesem Ansinnen stattgegeben. Die Zensur ist abgeschafft worden, politische Clubs sind nicht mehr verboten und gründen sich neu, eine politische und mediale Öffentlichkeit formiert sich. Der dritte Stand verlangt die Abstimmung nach Köpfen, Adel und Klerus sowie der König nach Ständen.

Im Juni 1789 spitzt sich die Lage zu. Der Klerus schließt sich dem Dritten Stand an; in dieser unsicheren

---

[25] dem Tagungsort der Generalstände in Versailles

Lage schließt der König den im Schloss von Versailles liegenden Beratungssaal Menus-Plaisirs, mit der Ausrede, dieser müsse für eine Sitzung am 23. Juni vorbereitet werden. Die Deputierten stehen vor verschlossener Türe; sie weichen kurzerhand in eine sich in der Nähe befindende Ballsporthalle aus. Im sogenannten Ballhausschwur geloben sie, nicht eher auseinander zu gehen, bis der Staat eine Verfassung hat.

Am 27.Juni gibt Ludwig XVI unter dem Druck der Öffentlichkeit nach und billigt die Nationalversammlung, die sich am 9. Juli 1789 zur Verfassunggebenden Nationalversammlung konstituiert.

In Paris hat sich die Lage ebenfalls zugespitzt. Der Funke, der die Revolution in Gang setzt, ist der erneut gestiegene Brotpreis. Der Vierte Stand, die städtischen Massen von Paris, greifen nun in die Geschicke des Staates ein:

Nicht in der Vertretung der Bürger, denn in den Generalständen und damit der Nationalversammlung haben sie kein Gewicht: Nur jene haben ihre Stimme abgeben dürfen, die wenigstens eine Jahressteuer von fünf Livres zahlen. Sie entfalten ihre Macht auf der Straße, sie dringen in die Nationalversammlung und die Räume des Königs ein; blitzartig entsteht eine Volksmiliz, eine Freiwilligenarmee von fünfzigtausend Mann.

Die Bastille wird erstürmt, in ihr befinden sich große Mengen an Waffen und Munition, sogar Kanonen, deren die Bürgermiliz dringend bedarf. Der König wird gezwungen, Versailles in Richtung Paris zu verlassen, in die Hände des nun bewaffneten Volkes. Die königliche Familie nimmt ihren Wohnsitz in den Tuilerien.

Statt der gestürzten königlichen Stadtverwaltung etabliert sich nur langsam eine neue, die aus den Wahlmännern der 47 Distrikte von Paris hervorgeht und jederzeit die Massen mobilisieren kann; im Übergang spielen sich unkontrollierte Gewaltakte von extremer Brutalität ab. Die Nationalversammlung, ihrerseits stets von den Zuschauern im Tagungssaal der Manège, einem umgebauten Reitsaal im Stadtschloss, mit Zwischenrufen, Beifall oder Beschimpfungen unter Druck gesetzt, versucht der Lage durch ein neues Gesetz Herr zu werden. Robespierre protestiert dagegen und ernennt sich selbst zum Mandatsträger des Volkes, dessen revolutionärer Wille stets im Recht sei.

„Die gegenwärtigen Unruhen haben zur Ursache nur die gemeinsamen Anstrengungen der Bürger gegen eine unerhörte Verschwörung gehabt, die gegen sie gerichtet war, aber bis zum jetzigen Augenblick haben die politischen Unruhen keine politischen Schäden angerichtet. Sie haben den Tod verursacht, das ist wahr – von einigen Schuldigen."[26]

---

[26] Robespierre, zitiert nach Schultz, U., a.a.O., S. 162.

Bereits 1789 rechtfertigt er seine Vorschläge, zum Beispiel das Briefgeheimnis aufzuheben, mit dem *Wohl des Volkes*, dem *Wohl des Staates* und gegen die Nation gerichtete *Verschwörungen und Beleidigungen*, die aufzudecken und zu verfolgen, die Nation verpflichtet sei. Auch für die der Nation *verdächtigen* Menschen fordert er exemplarische Urteile und einen *speziellen Gerichtshof*, dessen Richter direkt aus der Nationalversammlung zu wählen seien, ein klarer Angriff auf die Gewaltenteilung zwischen Legislative und Judikative.

Hat er schon zu diesem Zeitpunkt das vermeintlich gemeinsame Erbe der französischen Revolutionäre, die Gewaltenteilung von Montesquieu und die Bewunderung der Amerikanischen Revolution mit der Erklärung der Menschenrechte, aufgegeben?

Das Wohl des Volkes, das Gemeinwohl, der gemeine Wille – wer wird sie definieren?

Man hätte Monsieur de Robespierre besser zuhören und ihn ernst nehmen sollen; in den Journalen jener Zeit wird sogar sein Name oft noch falsch wiedergegeben, Monsieur Robert-Pierre.

Maximilien Robespierre – im Laufe des Jahres 1790 verliert er das *de* des Amtsadels, weil der Adel abgeschafft wird – zieht in Paris in ein Zwei-Zimmer-Appartement in der Rue Saintogne. Er hat für einige Monate einen Wohnungsgenossen, Pierre Villiers, der für ihn Sekretariatsaufgaben erledigt. Robespierre erhält achtzehn Livres pro Tag als Abgeordneter, so dass er seine wieder in Arras wohnende Schwester Charlotte finanziell unterstützen kann. Auch eine Geliebte, deren Name unbekannt geblieben ist, erhält monatlich 135 Livres von ihm.

Sein Leben spielt sich zwischen der Manège und dem Jakobinerclub in der Rue Saint-Honoré ab. Zwei Mal wöchentlich treffen sich dort die Mitglieder und diskutieren nicht selten bis tief in die Nacht. Der Club steigt „zur mächtigsten Institution des revolutionären Umbruchs auf, obgleich oder gerade weil er keine staatliche oder gesetzliche Funktion hat(.)."[27] Am 31. März 1790 wird Robespierre zu seinem Präsidenten ernannt.

Auch im Magistrat der Stadt gewinnt Robespierre an Einfluss, er hat sich zum Mandatsträger des Volkes erklärt, er agitiert, er will den ungebändigten Aufruhr in Bewegung halten. Seine politische Heimat ist nicht die Nationalversammlung, die er nur als Zwischenstufe zu einer wahren Volksvertretung betrachtet.

Als der König einen Fluchtversuch unternimmt, wird die Dynamik der Revolution angeheizt, Robespierre fordert schon bald offen den Kopf des Monarchen und die Abstimmung über sein Schicksal durch das Volk. Bei einer Demonstration gegen den König auf dem Marsfeld – eine Petition mit Robespierres Forderung, bereits 6000 mal unterzeichnet, allerdings nicht von Robespierre selbst, liegt aus – lässt der Kommandant der National-

---

[27] Schultz, U., a.a.O., S. 185.

garde auf Demonstranten schießen, fünfzehn oder fünfzig Menschen (die Zahl ist nach wie vor umstritten) sterben. In Panik fluten die Menschen zurück in die Stadt.

Rue Saint-Honoré, Paris, 17. Juli 1791

„Maximilien, ich flehe Sie an, lassen Sie uns ...!" Der Rest des Satzes von Le Cointre ging in einer Gewehrsalve unter. Die Rue Saint-Honoré quoll über von rennenden, schreienden Menschen. Robespierre lehnte an der Eingangstür zum Jakobinerclub, den er, Le Cointre und der Girondist Louvet als letzte verlassen hatten.

„Die Situation ist unübersichtlich, Robespierre. Sie sind mit Ihren Forderungen der eigentliche Urheber der umstrittenen Petition, Angehörige der Nationalgarde könnten Sie erkennen und verhaften. Oder gar töten!", fügte Le Cointre hinzu.

Maximilien de Robespierre hatte begonnen, an seinen Nägeln zu kauen. Er war also nur äußerlich ruhig. Le Cointre hatte Robespierre des Öfteren in brenzligen Situationen beobachtet. Wenn es sehr schlimm war, kaute er an seinen Nägeln, war ihm etwas nur unangenehm, leckte er sich in kurzen Abständen die Lippen. Er schien unentschlossen, was zu tun sei. Seine Wohnung in der Rue Saintogne bedeutete einen langen Fußweg.

„Ich habe die Petition nicht unterschrieben, Citoyens, man kann mir nichts nachweisen. Aber Soldaten können jemanden auch ohne Gerichtsurteil töten, da mögen Sie mit Ihrer Vermutung also durchaus Recht haben, Le Cointre. Kommen Sie, hierzubleiben und vor dem Jakobinerclub zu warten, ist die schlechteste Idee. Lassen Sie uns gemeinsam aufbrechen."

Die drei Männer kamen nicht weit, da erschollen die ersten Rufe.

„Vivat, der Unbestechliche! Vivat Robespierre!"

Die Menge begann heranzudrängen, umringte beide Männer.

„Citoyen Robespierre, Wohltäter des Volkes", rief eine Frau, ihrer Kleidung nach zu urteilen eine Bürgersgattin und versuchte Robespierres Mantelsaum zu küssen. Robespierre schienen Beifall und Begeisterung für seine Person unangenehm. Er leckte seine Lippen, krallte sich in die Schulter von Louvet, der direkt neben ihm stand, und fragte:

„Wissen Sie eine Unterkunft in der Nähe? Man hat mich erkannt, Nationalgardisten sind sicher schon auf mich aufmerksam geworden. Und mit Sicherheit sind heute auch Verschwörer und Attentäter unterwegs, die unliebsame Gegner bei diesem Aufruhr ohne Probleme aus dem Weg räumen können."

„Kommen Sie. Ich kenne einen guten Bürger und Jakobiner, der sein Haus ganz in der Nähe hat", beruhigte Louvet.

Die drei Abgeordneten bahnten sich den Weg durch die Menge. Nach etwa einer halben Stunde waren sie in der Rue Honoré 366 angekommen. Vor dem Haus stand ein Mann. Louvet, gefolgt von Robespierre direkt hinter ihm, trat auf ihn zu.

„Citoyen, Ihr kennt meinen Begleiter?"

Der Angesprochene nickte, deutete eine Verbeugung an.

„Können Sie uns für einige Stunden ein Obdach in Ihrem Hause gewähren? Die Straßen sind unsicher und die Nationalgardisten überall unterwegs."

Monsieur Duplay, der Tischlermeister, der das gemietete Haus mit seiner Familie bewohnte, allerdings auch drei eigene Häuser in bester Wohnlage besaß, lächelte:

„Kommen Sie herein, meine Herren, Sie sind bei einem Patrioten."

Er öffnete die Haustür und Louvet, Le Cointre und Robespierre traten ein.

Man wird von der Familie – Vater, Mutter, Sohn und Töchter – gastfreundlich aufgenommen. Robespierre bleibt zum Abendessen, nimmt die Einladung, über Nacht zu bleiben, an, und verbringt noch weitere Tage im Kreise der Familie, die ihn schon bald wie ein neues Familienmitglied umsorgt. Vor allem Madame Duplay kümmert sich in fast mütterlicher Sorge um Robespierre. Bald gibt er seine Wohnung in der Rue Saintogne auf und zieht in ein Zimmer mit Nebenkammer im Hause Duplay.

Rue Saint Honoré 366, August 1792

„Nun beeile dich doch, Kind! Die Gäste werden jede Minute kommen und du bist nicht einmal fertig angezogen, geschweige denn gekämmt!"

Madame Duplay trieb Éléonore, die im Familienkreis nur Cornélie genannt wurde, zur Eile an. Elisabeth und Victoire, die beiden jüngeren Schwestern, waren bereits in den Salon gegangen und übten die Klavierstücke, die für den Abend vorgesehen waren. Éléonore würde Herrn Buonarroti begleiten, den berühmten italienischen Sänger. So etwas konnte auch nur der Mama einfallen. Sie würde sicher kläglich versagen und sich blamieren.

Éléonore schaute in den Spiegel, der sich in der oberen Hälfte ihres Cabinets befand. Sie war einundzwanzig Jahre alt; Mamas Ermahnungen und Bemühungen um ein hübsches Kleid oder die richtige Frisur würden nichts bewirken. Sie war nun einmal unattraktiv. Nicht hässlich, aber fast alles an ihr war zu groß. Die Nase, die Hände, die Füße. Nur der Busen, der war zu klein und zu flach. Da änderte auch der ziemlich gewagte Ausschnitt des neuen Kleides nichts daran. Maximilien liebte sie ohnehin nicht, dessen war Éléonore gewiss. Er hatte sich nur aus Dankbarkeit Maman und Papa gegenüber bereit erklärt, sie irgendwann zur Frau zu nehmen und sie als seine Verlobte zu bezeichnen. Aber wenn sie mit den Schwestern ins Theater gingen oder sogar zu zweit allein einen Spaziergang machten, passierte nichts. Niemals nahm er ihre Hand oder hätte gar versucht, sie zu küssen. Es war ihm vollkommen genug, für sie wie für alle anderen in der Familie ein guter Freund zu sein. Seinen Hund Brount, den streichelte er, für den schien er mehr Zuneigung zu empfinden als für seine Braut.

Die Türglocke läutete. Die ersten Gäste! Éléonore verließ das Schlafzimmer und eilte in den Salon.

Hinten am Fenster entdeckte sie Maximiliens kleine Gestalt. Eigentlich war er sogar schmächtig, gestand sie sich ein. Wenn sie mit ihren großen Händen einmal richtig zupacken würde? Sie verbarg ihr Lächeln und ging zu ihm. Er hatte ein Buch in der Hand und stellte sich lesend, schaute sie nicht an. Er wollte nicht gestört werden. Camille Desmoulins war mit seiner schönen Frau Lucile auch schon eingetroffen. Er hatte sich zu den Eltern gesellt, man hörte sein lautes Lachen und einige Gesprächsfetzen. Lucile war still und blickte verliebt zu ihm hinauf. Sie war zu beneiden! Schwieg sie, bewunderte jeder ihre Schönheit, sprach sie, geistreich und charmant, lag man ihr wegen ihrer Klugheit zu Füßen. Nacheinander trafen noch Buonarroti, der Maler Jacques-Louis David und Louis-Antoine de Saint-Just ein. Die gesellige Runde war komplett. Die Gastgeber begrüßten die Gäste, man setzte sich zu Tisch.

„Wie wird es mit dem König enden?", wollte Jacques-Louis David, der links neben Maximilien saß, wissen. „Immerhin, er hatte den Eid auf die Verfassung geleistet!"

Maximilien antwortete nicht sofort. Jeder, der ihn länger und besser kannte, wusste, dass er sich nicht gern spontan zu politischen Themen äußerte. Am liebsten bereitete er sich allein in seiner Kammer vor, um dann sorgfältig Formuliertes mehr oder weniger abzulesen. Wohl auch deshalb erschien er eher selten bei gesellschaftlichen Anlässen.

„Sie meinen, welches Schicksal Louis Capet erwartet? Wie man hört, betet er schon morgens und liest fromme Bücher, er scheint es für nötig zu halten, nicht wahr?"

David war bei dem Bürgernamen, den man dem König gegeben und den Robespierre verwendet hatte, unmerklich zusammengezuckt. Er hatte die Zurechtweisung und leise Drohung offensichtlich verstanden und sich entschlossen, nicht weiter nachzufragen.

Éléonore, rechts von Robespierre sitzend, wusste, dass der König mit seiner Familie seit einigen Tagen im Turm des Temple gefangen gehalten wurde, nachdem die Sansculotten die Tuilerien gestürmt hatten. Versailles, Tuilerien, Temple – was kam danach? Die Massen würden sicher nur durch den Tod des Königs beruhigt werden können, jetzt, wo auch Preußen im Krieg mit Frankreich lag und viele dem König die Schuld gaben. Ob das berechtigt war? War die Festsetzung und Entmachtung des Königs eine gute Entwicklung? Früher hatte Papa immer gesagt, dass zu viel Macht in einer Hand schlecht wäre und dann hatte er lang und breit von den Vorstellungen des Barons von Montesquieu berichtet, dass alle Gewalt im Staat geteilt sein müsse. Bei den Begründungen, warum, hatte Éléonore längst nicht mehr zugehört, das war ihr alles ein wenig langweilig erschienen. Ein Fehler, sonst könnte sie sich jetzt vielleicht ein Urteil erlauben.

„Meine Damen und Herren, liebe Freunde", Maman hatte sich erhoben, „ich hoffe, unser bescheidenes Mahl hat Ihnen geschmeckt. Widmen wir uns jetzt den geistigen Genüssen. Bitte, nehmen Sie beim Klavier Platz. Die Mädchen werden uns mit bescheidenen Klängen, Herr

Buonarroti mit seiner wunderbaren Stimme erfreuen. Und auf unseren guten Freund, Citoyen Robespierre, müssen wir heute Abend auch nicht verzichten. Er wird uns etwas vortragen. Ich wünsche uns allen viel Vergnügen!"

Alle Gäste verteilten sich auf die bereitstehenden Sessel und Stühle, die Gespräche verstummten. Elisabeth nahm am Klavier Platz und begann zu spielen. Chant de Guerre pour l'armée du Rhin.[28] Nur wenige Akkorde waren erklungen, da erhoben sich die Anwesenden und stimmten den Text an, den Soldaten aus Marseille kurz vor dem Tuileriensturm gesungen hatten. Ein Herr Rouget de Lisle hatte das Lied bereits im April 1792, anlässlich der Kriegserklärung an Österreich, komponiert und es hatte sich wie ein Lauffeuer im ganzen Land verbreitet. Jeder schien den Text auswendig zu wissen, zumindest die erste Strophe. Dann wurden die Stimmen immer weniger und nur Maximilien sang die sieben Strophen bis zum Ende, mit Refrain und allen Wiederholungen.

Allons enfants de la Patrie
Le jour de gloire est arrivé!
Contre nous de la tyrannie
L'etendard sanglant est levé.
Entendez-vouz dans les campagnes
Mugir ces féroces soldats?
Ils viennent jusque dans vos bras
Égorger vos fils, vos compagnes. ...

---

[28] Das Lied wird später zur Nationalhymne erhoben, der Marseillaise.

Auf, Kinder des Vaterlandes.
Der Tag des Ruhmes ist gekommen.
Gegen uns ist der Tyrannei
Blutiges Banner erhoben.
Hört ihr auf den Feldern
Diese wilden Soldaten brüllen?
Sie kommen bis in eure Arme,
Um euren Söhnen, euren Gefährtinnen
Die Kehlen durchzuschneiden.

Zu den Waffen, Bürger,
Formiert eure Truppen
Marschieren wir, marschieren wir!
Unreines Blut
Tränke unsere Furchen!

Was will diese Horde von Sklaven,
Von Verrätern, von verschwörerischen Königen?
Für wen diese gemeinen Fesseln,
Diese seit langem vorbereiteten Eisen?
Franzosen, für uns, ach! Welche Schmach,
Welchen Zorn muss dies hervorrufen!
Man wagt es, daran zu denken
Uns in die alte Knechtschaft zu führen!
Was! Ausländische Kohorten
Würden über unsere Heime gebieten!
Was! Die Söldnerscharen würden
Unsere stolzen Krieger niedermachen!
Großer Gott! Mit Ketten an den Händen
Würden sich unsere Häupter dem Joch beugen.
Niederträchtige Despoten würden
Über unser Schicksal bestimmen.

Zittert, Tyrannen und ihr Niederträchtigen,
Schande aller Parteien.
Zittert! Eure verruchten Pläne
Werden euch endlich heimgezahlt!
Jeder ist Soldat, um euch zu bekämpfen.
Wenn sie fallen, unsere jungen Helden
Die bereit sind,
gegen euch zu kämpfen.

Franzosen, ihr edlen Krieger
Versetzt eure Schläge oder haltet sie zurück!
Verschont die traurigen Opfer,
Die sich widerwillig gegen uns bewaffnen.
Aber diese blutrünstigen Despoten,
Aber diese Komplizen von Boillé
Alle diese Tiger, die erbarmungslos
Die Brust ihrer Mutter zerfleischen!

Heilige Liebe zum Vaterland,
Führe, stütze unsere rächenden Arme.
Freiheit, geliebte Freiheit,
Kämpfe mit deinen Verteidigern!
Unter unseren Flaggen, damit der Sieg
Den Klängen der kräftigen Männer zu Hilfe eilt,
Damit deine sterbenden Feinde
Deinen Sieg und unseren Ruhm sehen!

Wir werden des Lebens Weg weiter beschreiten,
Wenn die Älteren nicht mehr da sein werden.
Wir werden dort ihren Staub
Und ihrer Tugenden Spur finden.
Eher ihren Sarg teilen
Als sie überleben wollend,
Werden wir mit erhabenem Stolz
Sie rächen oder ihnen folgen.

Als Maximilien seinen Gesangsvortrag beendet hatte, war es einen Moment ganz still. Dann hörte man Vivat- und Vive la France-Rufe, noch übertönt von dem Beifall, den alle Hände gemeinsam spendeten. Maximilien verneigte sich, er fuhr sich über die Augen, so, als müsse er Tränen der Ergriffenheit und Rührung wegwischen. Mit den Armen gebot er den Anwesenden, wieder Platz zu nehmen. Éléonore hatte direkt neben Maximilien gestanden und ihn beobachtet. Warum tat er das? Warum wischte er Tränen ab, die niemals existiert hatten? Éléonores Vater war stehengeblieben. Er ging auf Maximilien zu und umarmte ihn. Merkte Papa denn nichts? Maximilien war zurückgewichen, die körperliche Nähe und Vertrautheit schienen ihm unangenehm zu sein. Er lächelte, eher gequält, und setzte sich schnell auf den nächsten Stuhl.

Monsieur Buonarroti erhob sich wie auf ein Zeichen, er sah verärgert aus. Wahrscheinlich hatten ihm Maximiliens Gesangsvortrag und die vielen Aufmerksamkeits- und Ehrenbezeigungen für ihn viel zu lange gedauert. Er war es gewohnt, selbst im Mittelpunkt zu stehen. Er schaute Éléonore an, bedeutete ihr mit der Hand, ihren Platz auf dem Klavierhocker einzunehmen, intonierte auf dem Weg nach vorn eine Tonleiter, schloss die Augen, atmete tief und hörbar ein, legte die Notenblätter auf den Klavierständer und deklamierte:

„Prego, Éléonore. Avanti."

Obwohl sie kein Italienisch sprach, hatte Éléonore die Anweisung natürlich verstanden. Sie würde so sanft und zurückhaltend wie möglich spielen, dann konnte der große Meister sein Belcanto am wirkungsvollsten entfalten und etwaige Fehler von ihr würden kaum bemerkt werden. Der Gesang war denn auch so wunderbar, dass Éléonores etwas mäßige Begleitung kaum auffiel. Alle Anwesenden erhoben sich, nachdem der Vortrag beendet war, von ihren Plätzen. Einen langen Moment war es gänzlich still im Salon, dann ertönten Bravo, Bravissimo, Maestro-Rufe, gefolgt von langem Beifall. Éléonore schaute hinüber zu Maximilien. Er saß steif in seinem Sessel und schien in seinem Buch zu lesen. Hatte ihm die Vorstellung nicht gefallen? Er hätte, wenigstens ihr zuliebe, so tun können. Er würde erst bessere Laune bekommen, wenn er selbst wieder im Zentrum der Aufmerksamkeit stehen konnte. Papa reichte den Herren das Rauchzeug herum, es würde eine Weile dauern, bis das Programm fortgesetzt werden würde. Eleonore und einige der Damen gingen hinunter in den Hof, um ein wenig frische Luft zu schöpfen.

„Spricht Camille mit Ihnen auch über Politisches, Lucile?", nahm Éléonore die Gelegenheit wahr, sich mit der Frau eines der berühmtesten Revolutionäre einmal ungestört austauschen zu können.

„Wir haben überhaupt keine Geheimnisse voreinander, Camille und ich, auch nicht, was das betrifft", entgegnete Lucile freundlich.

„Heute haben zwei Frauen die Bürgerkrone erhalten, weil sie bei der Erstürmung der Tuilerien mit dabei waren. Aber was nützt das alles, wenn wir keine Rechte haben?"

Lucile antwortete nicht, sondern schaute erst nach rechts und links, dann verstohlen hinter sich. Die anderen Damen standen jedoch einige Meter entfernt zusammen.

„Ich weiß davon, Éléonore, und habe voriges Jahr auch die „Erklärung der Rechte der Frau und Bürgerin" von dieser Olympe de Gouges gelesen. Aber nach meiner Einschätzung haben wir keine Chance."

„Was nützt die Freiheit und die sogenannte Gleichheit, wenn fast die Hälfte aller Menschen in Frankreich davon ausgeschlossen bleibt, Lucile?"

„Seien Sie mit solcher Kritik sehr vorsichtig, liebe Éléonore. Die Revolutionäre haben sich mehr oder weniger geeinigt, dass es keine Frauenfrage gibt. Forderungen der Frauen nach politischer Mitsprache sind für sie einfach nur freiheitliche Exzesse, die der Natur widersprechen. Der Platz der Frauen sei an Heim und Herd und bei den Kindern. Und Ihr Verlobter, Éléonore, ist nach Aussage von Camille einer der schärfsten Verfechter dieser These. Aber diese letzte Information dürfen Sie Maximilien natürlich nicht hintertragen, das erzähle ich Ihnen im Vertrauen."

„Sie raten mir also, Maximilien nicht darauf anzusprechen?"

„Auf keinen Fall. Maximilien ist von der Richtigkeit seiner Einstellungen stets und grundsätzlich überzeugt. Er hasst es, wenn man ihn kritisiert oder hinterfragt. Und er vergisst es nicht."

Lucile legte ihren Arm auf Éléonores Schulter.

„Ich wünsche Ihnen trotzdem, dass Sie glücklich werden, meine Liebe."

♣

Aus dem Salon ertönte Musik. Victoire war jetzt mit dem Klavierspiel an der Reihe und forderte die Gäste mit einem kleinen Lied auf, wieder Platz zu nehmen.

Maximilien stand vorn, beim Piano, das Victoire schon verlassen hatte. Die gedachte Bühne besetzte er jetzt allein. Auf seinem Kopf trug er die rote Mütze der Jakobiner, auf deren linker Seite war die blau-weiß-rote Kokarde befestigt, das Erkennungszeichen für die Anhänger der Revolution. Er wartete, bis absolute Stille eingetreten war, was etwas Zeit in Anspruch nahm.

„Liebe Freunde, Bürger!

Heute Abend möchte ich danken. Dem Manne, der mein Leben, mehr noch als Mutter, Vater, Familie und Freunde, bestimmt hat, der Philosoph aus Genf, Jean-Jacques Rousseau, den ich noch in seinen letzten Lebenstagen kennenlernen durfte.

Du göttlicher Mensch! Durch dich habe ich die volle Würde meiner Natur erkannt, du hast mich angeregt, über die großen Prinzipien der Gesellschaftsordnung nachzudenken. Ich, der ich aufgerufen bin, eine Rolle inmitten der größten Ereignisse zu spielen, die die Welt jemals erlebt hat, werde jenen Erleuchtungen felsenfest treu bleiben, die deine Schriften mich gelehrt haben."[29]

Maximilien verneigte sich, wurde mit einigem Beifall bedacht, aber die gute Stimmung, die den ganzen Abend geherrscht hat, war dahin. Man unterhielt sich noch kurz und höflich, dann erhoben sich Lucile und Camille und gingen als erste hinaus. Éléonore folgte ihnen, sie wollte dem jungen Ehepaar noch persönlich einen guten Heimweg wünschen.

„Glaub mir, Lucile", hörte sie Camille auf der Treppe sagen, „das war eine Warnung – und eine Drohung. Ich weiß, wie er seinen Rousseau gelesen und interpretiert hat. Gnade uns Gott!"

♣

In den letzten Monaten des Jahres 1792 überschlagen sich die Ereignisse. Im Zuge des Sturms auf die Tuilerien wird die alte durch eine neue Stadtverwaltung, die Commune, ersetzt[30]. Aus den Sektionen von Paris durch Wahlen hervorgegangen, scheut sie sich nicht, für ihre Ziele von den Massen brutalste Gewalt ausüben zu lassen. Sie wird zu einem entscheidenden Machtfaktor des revolutionären Frankreich. Der abgesetzte König wird der Gewalt der Commune unterstellt. Robespierre verteidigt das Vorgehen, fungiert dann und wann in seiner Funktion als Mitglied des Exekutivrats als ihr Abgesand-

---

[29] Siehe Robespierre, Charlotte, Memoires, Paris 1925, S. 290-292, zit. nach Schultz,U., a.a.O., S. 28f.

[30] Bürgermeister Pétion kann sich allerdings zunächst an der Spitze halten.

ter. Die Nationalversammlung, die die konstitutionelle Monarchie in der Verfassung beschlossen hat, löst sich auf. An ihre Stelle soll ein Nationalkonvent treten, der von allen Männern ab fünfundzwanzig Jahre[31] gewählt werden wird. Die Forderung Robespierres nach Abschaffung des Census-Wahlrechts ist erfüllt; dass die Frauen von den Wahlen ausgeschlossen sind, wird nur von den Frauen selbst und ihren Vertreterinnen in den Frauenclubs problematisiert. Die Revolutionselite aus Männern scheint hierin kein Problem zu sehen. Dass Robespierres Forderung nach Aufhebung der ordentlichen Gerichtsbarkeit und der Einrichtung von Sondergerichtshöfen für die Aburteilung der „Feinde des Volkes" am 10. August ein weiterer Verstoß gegen die Gewaltenteilung ist, geht im Tumult der Ereignisse nahezu unter. Unter dem Druck der Straße beschließen die Abgeordneten, ein Gericht für außerordentliche Verbrechen einzurichten, eine Vorform des späteren Revolutionstribunals.

Am 19. August sind preußische Truppen in Frankreich einmarschiert. Longwy und Verdun fallen, Justizminister Danton und die Commune rufen die Franzosen zur Verteidigung des Vaterlandes und der Revolution, zu den Waffen, auf. Auf Plakaten wird dazu aufgefordert, zunächst die inneren Feinde, vor allem natürlich die Aristokraten und die den Eid verweigernden Priester, denen man Bestrebungen zur Konterrevolution unterstellt, zu vernichten, bevor die Soldaten an die Front eilen und man ihnen in der Heimat in den Rücken fallen kann.

„Das Volk muss sich selbst Gerechtigkeit verschaffen. Bevor wir an die Grenzen eilen, wollen wir die schlechten Bürger richten."[32]

„Es ist Zeit, dem Volk zu sagen, dass es sich in Massen auf den Feind stürze. Wenn ein Schiff vom Unter-

---

[31] Andere Quellen sprechen von einundzwanzig Jahren.
[32] Plakattext, zit. nach Schultz, U., a.a.O., S. 280.

gang bedroht ist, wirft die Bes(.)atzung alles ins Meer, was es gefährden kann."[33]

Es folgen die Septembermorde, eines der dunkelsten Kapitel der Französischen Revolution. Szenen unbeschreiblicher Gewalt spielen sich ab. Man stürmt die Gefängnisse, stellt meist nur, wenn überhaupt, einen Tisch auf, an dem nach kurzem Verhör oder Scheinverhör das Urteil gefällt wird. Die Zahl der Opfer liegt zwischen 1250 und 1392, darunter 223 Priester und 37 Frauen.

Die Septembermorde ziehen sich vom 2. bis 6. September hin; weder Danton noch Robespierre, der mittlerweile die Führung in der Commune innehat, greifen ein.

Am 5. November – Robespierre ist in den Septemberwahlen, ebenso wie sein Bruder Augustin, als Abgeordneter in den Nationalkonvent eingezogen, verteidigt er dort sein Vorgehen, rechtfertigt die Massenmorde und entwickelt erstmals das grenzenlose Recht der Revolution, sich über jedes bereits existierende Recht hinwegzusetzen.

„Bürger, wollt ihr die Revolution ohne die Revolution?"[34]

Die turbulenten Ereignisse während der Septemberwahlen führen zu einer deutlichen Verstärkung der extremen Linken. Neben den Brüdern Maximilien und Augustin Robespierre, Anwalt der eine, Soldat der andere, ziehen der Journalist Camille Desmoulins, George Jacques Danton, ein Advokat, der Maler Jacques-Louis David, Jean Paul Marat, Arzt und Zeitungsverleger, der Dichter Fabre d'Eglantine, der Erfinder neuer Monatsnamen, neben weiteren siebenhundertzweiundvierzig Männern als Abgeordnete ins neue Parlament ein. Ein Machtzentrum bildet sich mit Danton-Robespierre-

---

[33] Danton, zit. nach Schultz, U., a.a.O., S. 280.
[34] Robespierre, zit. nach Schultz, U., a.a.O., S. 282.

Marat, einem neuen Triumvirat. Am 21. September 1792 wird die Monarchie endgültig abgeschafft. Ab dem 22. September 1792 sollen alle Schriftstücke das Datum des Jahres Eins der Republik tragen, ein neuer republikanischer anstelle des Gregorianischen Kalenders eingeführt werden. Die Erste Republik Frankreich ist geboren.

Rue Saint Honoré 366,
13. Nivôse im Jahr I der Republik
Heiligabend 1792

„Henriette und ich durften immer an Heiligabend um acht Uhr das Jesuskind in die Krippe legen, niemals früher, obwohl die Krippe meist schon ein, zwei Tage vorher aufgestellt wurde."

Augustin nickte, blickte aber nicht von dem Journal auf, das er gerade las.

„Ich vermisse Henriette. Du auch?", machte Charlotte einen weiteren Versuch, ein Gespräch in Gang zu bringen. Wieder gab Augustin keine Antwort.

Charlotte und Augustin Robespierre saßen im kleinen Salon ihrer Wohnung im Hause Duplay, in der sie seit November gemeinsam wohnten. Für Augustin lag die Wohnung günstig. Der Weg zur Manége, dem Tagungsort des Nationalkonvents, dem er seit September als Abgeordneter angehörte, war kurz. Die auch wieder räumlich enge Verbindung zum berühmten und mächtigen Bruder ebnete darüber hinaus die ersten Schritte in der Politik. Charlotte hatte ihre Zelte in Arras abgebrochen. Sie war unverheiratet, wie zu jener Zeit üblich, nicht berufstätig, und freute sich darauf, beide Brüder zu versorgen und zu verwöhnen.

„Die Mitternachtsmesse, die fällt in diesem Jahr in der Kathedrale bestimmt aus", murmelte Charlotte. Sie sprach mehr zu sich selbst und schien keine Reaktion mehr zu erwarten.

„Meinst du die Kathedrale in Arras oder eine hier?"

„Zuhause, Augustin, nicht hier. Aber der Abbé ist ins Ausland geflüchtet, hat mir Tante Henriette geschrieben. Weil er Angst hatte, vor der Exkommunikation durch den Papst und wahrscheinlich auch vor der ewigen Verdammnis, da er den Eid auf die Verfassung geleistet hat. Ich habe oft bei ihm gebeichtet. Er war ein wunderbarer Beichtvater."

Eine Weile unterbrachen nur die dann und wann zischenden oder zusammenstürzenden Holzscheite im Kamin die Stille. Charlotte begann eine Melodie zu summen. Dann sang sie mit schöner, klarer Stimme.

Les anges dans nos campagnes.

Hört, der Engel helle Lieder
klingen das weite Feld entlang,
und die Berge hallen wider
von des Himmels Lobgesang.
Gloria in excelsis Deo.

Hirten, warum wird gesungen?
Sagt mir doch eures Jubels Grund!
Welch ein Sieg ward denn errungen,
den uns die Chöre machen kund?
Gloria in excelsis Deo.

Sie verkünden uns mit Schalle,
dass der Erlöser nun erschien,
dankbar singen sie heut alle
an diesem Fest und grüßen ihn.
Gloria in excelsis Deo.

Augustin hatte seine Zeitung niedergelegt, er blickte Charlotte an. Sie lächelte. Er sollte nicht sehen, dass sie weinte.

Es klopfte an der Tür, kurz darauf trat Maximilien ins Zimmer. Ob er ihren Gesang gehört und das alte Lied erkannt hatte? Er ging auf die Schwester zu, setzte sich in den Sessel neben ihr und nahm ihre Hand. Die drei Geschwister schwiegen, einige Minuten.

„Willst du nicht doch einmal mitgehen ins Spielhaus von der guten Madame Saint Amaranthe und ihrer wunderschönen Tochter, Maximilien?", fragte Augustin, etwas unvermittelt, in die Stille hinein.

„Ich dachte noch zu arbeiten. Übermorgen ist ein entscheidender Tag, da will ich vorbereitet sein."

„Nun komm schon, man kann in dem Etablissement auch gut essen und die anderen Leistungen der weiblichen Bediensteten sind sensationell, glaub mir. Oder fühlst du dich verpflichtet, wegen Éléonore? Vielleicht hast du ja sogar Angst vor ihr, nicht wahr?" Augustin lachte laut.

„Das bestimmt nicht. Warum heiratest du sie nicht, ich hätte überhaupt nichts dagegen", meinte Maximilien.

„Um Himmels willen, nein. Sie sieht aus wie ein Mannweib."

Augustin wendete sich zu Charlotte, die peinlich berührt schien und die Augen niedergeschlagen hatte.

„Entschuldige bitte unsere Männergespräche, liebe Schwester, aber mir sind vollbusige Frauen nun einmal lieber! Also, los, Bruder! Heute ist doch ein besonderer Tag!"

Obwohl Maximiliens Gesicht sich für einen Moment ärgerlich verzog, ließ er sich widerstrebend von Augustin hinausziehen.

Charlotte blieb mit ihren Erinnerungen sowie der Erkenntnis, dass nun alles anders war, allein zurück.

Temple, Paris
14. Nivôse im Jahr I der Republik
Weihnachten 1792

Ludwig saß im Dunkel des Zimmers an seinem Schreibtisch. Sein Haar hing wirr über Stirn und Ohren, obwohl er es im Nacken zusammengebunden trug. Nach den Schreibwerkzeugen und der Brille, die man ihm Anfang des Monats abgenommen hatte, waren einige Tage später auch seine Frisierwerkzeuge, Messer und Schere, aus seiner Wohnung entfernt worden. Gottseidank hatte Clery, der Kammerdiener, im Sekretär, unter alten Journalen verborgen, noch eine vergessene Brille gefunden, so dass Ludwig die Zeitungen, die dann und wann mit der Wäsche hereingeschmuggelt wurden, lesen konnte. Durch die Metallblenden an den Fenstern drang wenig Licht in den Turm des Temple herein, obwohl es noch nicht Abend war.

Er hatte den Tag wieder getrennt von seiner Familie, Marie Antoinette, seiner Schwester und den beiden Kindern verbringen müssen. Die Commune und ihre Kommissare kannten keine Milde, nicht am Weihnachtstag und nicht vor seinem letzten Auftritt vor dem Konvent morgen. Nach dem Mittagessen, das Clery, der Kammerdiener, wie immer serviert hatte, waren seine Anwälte François Tronchet und Guillaume Chrétien de Malesherbes zur täglichen Besprechung erschienen. Man hatte Argumente geprüft und verworfen, Strategien erwogen. Aber weder Ludwig noch die beiden Anwälte machten sich Illusionen, wie der Urteilsspruch am Ende lauten werde. Die Rede, die Robespierre am vierten Dezember vor dem Konvent gehalten hatte, offenbarte den Weg, den die Bergpartei einschlagen würde. Und der Jubel der Zuschauer, die auf den Tribünen der Manege gesessen und geklatscht und gejohlt hatten, hatte dem Redner scheinbar recht gegeben, was die Wünsche des Volkes, dessen Willen er so gern im Munde führte und dessen Vertreter zu sein er beanspruchte, betraf. Die Girondisten, das hatte Ludwig bei jedem Erscheinen vor dem Konvent seit dem 10. Dezember gespürt, hatten Angst, selbst als Vaterlandsverräter abgestempelt, vielleicht auch verfolgt zu werden, wenn sie das Todesurteil durch den Konvent, der eigentlich Gesetze verabschieden und nicht selbst Recht sprechen sollte, für Ludwig verhindern würden.

Bevor die Anwälte ihren Besuch im Temple beendet hatten, war es ihnen gelungen, Papier, Feder, Tinte und Bleistift für den Gefangenen zu bekommen, mit der Zusicherung, dass alles, was Ludwig schreiben werde, sofort den Kommissaren vorgelegt werden würde. Ludwig läutete nach Clery und ließ ihn den Argandbrenner entzünden, eine moderne, erst einige Jahre alte Erfindung, die ein helleres und konzentriertes Licht lieferte.

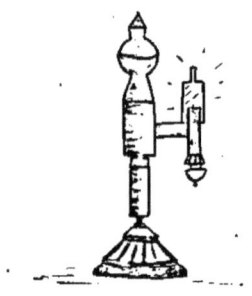

Ein Symbol der neuen Zeit, die ohne ihn stattfinden würde. Er begann, seinen letzten Willen zu verfassen und sich von der Welt zu verabschieden.

Place de la Révolution,
2. Pluviôse im Jahr I der Republik
21. Januar 1793

Charles Henri Sanson und seine zwei Brüder hatten sich um acht Uhr mit dem Fiaker auf den Weg gemacht. Charles Henri hatte seine Frau beim Abschied mehrfach umarmen müssen und kaum beruhigen können. Sie fürchtete, ihn nicht wiederzusehen. Er zeigte ihr die Waffen, die er unter seinem roten Mantel verborgen hielt, Degen, Dolchmesser und Pistole. Die vielen Drohbriefe der letzten Tage, von Monarchisten wie von Republikanern, hatten die Aufregung der Familie ins Unerträgliche gesteigert. Dass der König im letzten Augenblick befreit werde – das war die Hoffnung der einen und die Furcht der anderen Schreiber. Und dass die Henkersknechte zugunsten der einen beziehungsweise der anderen Seite eingreifen müssten – das war die Forderung gewesen. Sanson war königstreu, er hoffte auf Rettung des Monarchen in allerletzter Minute.

Auf dem Platz der Revolution stiegen die drei Brüder aus. Der Henkersmeister im roten Mantel war Charles Henri Sanson. Er übte den Henkersberuf widerwillig aus und nur, weil schon Generationen vor ihm in der Familie dies getan hatten. Eigentlich hatte er Arzt werden wollen, dann auf Druck der Familie sein Studium jedoch abgebrochen. Nach wie vor liebte er die Heilkunst, stellte mit Heilkräutern aus seinem Garten Medikamente her. Er spielte Cello und Violine und hatte am Tag zuvor den dreißigsten Hochzeitstag mit seiner Frau feiern wollen; das Familienfest war aufgrund der besonderen Umstände jedoch ausgefallen.

Die Guillotine war in der Nacht von den beiden Gehilfen Gros und Barré aufgebaut worden. Sie wartete auf ihr Opfer. In der Menge machte Charles Henri seinen Sohn aus, der bei der Hinrichtung des Königs ebenfalls assistieren würde. Henri nickte seinem Vater zu, vielleicht würde er selbst die letzten Handgriffe übernehmen können, er ahnte, wie schwer dem Vater die Ausübung seines Amtes fallen würde.

Gegen neun Uhr bewegte sich, begleitet rechts und links von zwei Reihen Kavalleristen und von einer weiteren Abteilung gefolgt, eine von zwei Pferden gezogene Kutsche langsam auf den Platz zu. Es hatte also keine Befreiung gegeben. Das musste der König sein. Die Kutsche hielt, nach einer kurzen Weile öffnete sich der Wagenschlag, zwei Gendarmen kamen heraus, dann ein Priester, das konnte man an der Kleidung erkennen, und zum Schluss Ludwig, ehemals König Ludwig XVI von Frankreich. Nach einem kurzen Blick in die Menge und ein paar Worten mit dem ihn begleitenden Priester ging der Verurteilte ohne Eile, aber festen Schrittes auf seine Richtstätte zu. Der Regen war heftig, ab und zu mischten sich Schneeflocken in die herabstürzende Flut. Ludwig war barhäuptig, seine nassen Haare hingen ihm in die Stirn, das Band, das sie im Nacken zusammenhalten sollte, hatte sich gelöst. Dann und wann strich er die Haare zurück. Er war abgemagert, die Bezeichnung „Fettes Schwein", die er so oft an den Türen seiner Wohnung und an den Mauern des Temple hatte lesen müssen, traf nun nicht mehr zu. Er war am Schafott angekommen. Er würde jetzt noch die zwei Meter hohen Stufen hinaufsteigen müssen.

Martin Sanson trat auf Ludwig zu. Er nahm seine Kopfbedeckung ab.

„Wir müssen Sie entkleiden, Sire. So will es die Vorschrift."

Ludwig schüttelte den Kopf.

„Das ist unnütz, man kann mit mir zu Ende kommen, wie ich da bin."

„Ihr irrt, Herr, wir werden Euch auch die Hände binden."

„Wagt es nur, Hand an mich zu legen!"

Was sollten sie tun? Charles Henri wusste, man würde den König zwingen müssen, aber Gewalt konnte das Fass zum Überlaufen bringen, in der einen oder anderen Richtung. Im gleichen Moment zog Ludwig seinen Rock aus und übergab ihn an Charles Sanson, der mittlerweile neben seinem Bruder Martin stand.

„Da, nehmt meinen Rock, aber rührt mich nicht an."

Der Regen war noch heftiger geworden. Im Nu hingen die wenigen übriggebliebenen Kleider des gestürzten Monarchen herunter an seinem Leib. Der Henkersmeister ging auf den Abbé zu.

„Herr Abbé, ich bitte Sie inständig. Bewegen Sie den König, dass er uns das Binden seiner Hände erlaubt!"

Der Priester blickte ihn kurz an, dann trat er einen Schritt auf Ludwig zu.

„Sire, willigen Sie in dieses Opfer ein. Sie werden sich im Voraus der Belohnung Gottes versichern können."

Nur ein kurzer Augenblick, dann bot der König seine Hände dar. Man fesselte ihn. Gemeinsam mit dem Abbé schritt Ludwig die Stufen zum Schafott hinauf. Oben angekommen, versuchte er durch eine Handbewegung die Trommeln zum Schweigen zu bringen. Einen kleinen Moment gelang es.

„Franzosen, ihr seht euren König bereit für euch zu sterben."

Seine nächsten Worte hat die Menge nicht mehr verstanden, sie gingen im neuerlichen Trommelwirbel der Tamboure und Trompetenklängen unter. Man band Ludwig auf das Brett, das Fallbeil blitzte, das Haupt des Königs rollte in einen Sack. Gros, der Gehilfe, hob es auf und zeigte es der Menge.

„Es lebe die Nation! Es lebe die Republik! Es lebe die Freiheit! Es lebe die Gleichheit!", konnte man hören.

Aber so laut, wie man es bei den sicher Zwanzigtausend, die auf dem Platz versammelt waren, hätte erwarten können, war das Geschrei nicht. Der Kopf Ludwigs XVI hatte einen Abgrund geöffnet. Wer noch hineinstürzen würde, musste die Zeit zeigen.[35]
[36]

Rue Saint Honoré 366,
2. Pluviôse im Jahr I der Republik
21. Januar 1793

Charlotte war heute Morgen nicht aufgestanden. An diesem außergewöhnlichen Tag mit den Brüdern in aller Ruhe das Frühstück einzunehmen, das hatte sie sich einfach nicht vorstellen können.

Sie war sicher, dass das Ganze nicht recht war. Das nicht, und das mit der Kirche auch nicht. Und schön konnte man es auch nicht finden. Nur alle zehn Tage so etwas wie Sonntag. Sogar den Namen dafür wollten sie abschaffen. Wenn sie auf dem Markt einkaufte, hatte sie schon öfter Leute darüber murren hören. Gerade für die einfachen Leute dort waren die Sonntage immer etwas Besonderes gewesen. Aber das war alles nichts im Vergleich zu dem, was heute geschehen würde und wofür ihre Brüder, vor allem Maximilien, verantwortlich waren. Vielleicht würden einige Getreue ja den König doch noch entführen und vor dem Schafott retten. Es war Königsmord, auch wenn Maximilien dies hundert Mal bestritt und es als eine patriotische Pflicht darstellen wollte. Die Notwendigkeit, Ludwig zu töten, die sah Charlotte auch nicht. Immerhin hatte er doch den Eid auf die republikanische Verfassung geleistet. Sie zog sich die Bettdecke

---

[35] Siehe bei gutenberg.spiegel.de/buch/tagebücher-der-henker-von-paris-erster-band-445/12; 8.1..2019;18.36 Uhr.
[36] Siehe auch Schultz, U., a.a.O., S. 285 ff.

über den Kopf. Am liebsten hätte sie über nichts mehr von alldem nachgedacht oder etwas gehört.

Kanonendonner. Mehrfach hintereinander, laut, dröhnend. Der Kopf des Königs war also gefallen. Und Maximilien trug die größte Verantwortung daran. Eine bleierne Müdigkeit und Schwermut senkte sich auf Charlotte. Sie begann zu weinen.

Ob über den König und die Vergangenheit oder die Brüder und die Zukunft – das hätte sie nicht so genau sagen können.

Rue Saint Honoré 366
13. Ventôse, Jahr I der Republik
3. März 1793

„Das war absehbar, Maximilien."

Augustin nahm im zweiten Sessel am Fenster Platz, neben Charlotte, während Maximilien weiter in seiner merkwürdigen Art im Salon herumlief. Langsam, dann wieder schnell.

„Du willst also behaupten, du hättest von Anfang an mit dem Kriegseintritt von Großbritannien, Spanien, Portugal, den deutschen und italienischen Staaten gerechnet?"

„Ich bin Soldat, Maximilien. Von Militärstrategie verstehe ich ein bisschen etwas."

„Ich habe dich deine Stimme nicht erheben hören, lieber Bruder, du hast im Konvent nichts dergleichen geäußert, wenn ich mich recht erinnere."

Augustin biss sich auf die Lippen, entgegnete aber nichts.

„Vielleicht hatte Augustin Angst, seine Meinung zu sagen, so wie viele heutzutage, die vorsichtig geworden sind", bemerkte Charlotte.

Maximilien antwortete auf ihren Vorstoß nicht, schien aber äußerst wütend darüber zu sein, weil er hochrot anlief und sofort seinen Schritt beschleunigte.

„Da habe ich also schon zwei Gegner in meiner eigenen Familie, und das zu einer Zeit, wo sich an den Grenzen und im Inneren unseres geliebten Frankreich die Feinde zusammenrotten und Freiheit und Volk den Garaus bereiten wollen. Ich dachte, ich könnte mich wenigstens auf die Loyalität meiner Geschwister verlassen!"

Augustin stand auf, ging nun seinerseits im Zimmer auf und ab. Er schwieg, wie immer und schon früher, wenn der große, grenzenlos bewunderte Bruder Machtworte gesprochen oder Vorwürfe erhoben hatte.

Charlotte, die sonst den Brüdern politische Diskussionen stets allein überließ, schien heute wie ausgewechselt. Gestern Abend hatte Joseph Fouché, Abgeordneter des Konvents und Jakobiner, um ihre Hand angehalten. In Charlottes Augen war er nicht gerade gutaussehend, aber geistreich und charmant, so dass sie nach Maximiliens zustimmender Einlassung den Antrag angenommen hatte. Die Aussicht, nicht mehr lange die unverheiratete Schwester ihrer Brüder zu sein, mit der einzigen Aufgabe, deren Haushalt zu organisieren, sondern als Ehefrau eines bekannten Mannes einem eigenen Haushalt vorzustehen, verlieh ihr Kraft. Endlich würde sie aus dem Schatten der Brüder heraustreten und der Bevormundung, vor allem durch Maximilien, entkommen!

„Eine andere Meinung hat doch nichts mit mangelnder Loyalität zu tun, denke ich. Und meinst du mit Feinden die Franzosen in der Vendée? Vielleicht war es eben falsch, den König hinzurichten und die Kirche all ihrer Eigentümer zu berauben. Das hat die Leute dort rebellisch werden lassen."

„Charlotte!", zischte Maximilien. „Was fällt dir ein? Weißt du nicht, wo dein Platz ist, auch wenn du jetzt die Verlobte eines bekannten Politikers bist? Wage es nicht noch einmal, dich in Angelegenheiten von Männern einzumischen und solche konterrevolutionären Reden zu halten! Das könnte für dich genauso wie für andere gefährlich werden, hast du verstanden?"

Er eilte zur Tür und schlug sie mit lautem Knall hinter sich zu.

„Kritisiere ihn nicht, Charlotte", meinte Augustin, als die Tür ins Schloss gefallen war. „Er war schon immer der Klügste von uns allen, vielleicht sehen wir manche Dinge einfach nicht so schnell und so richtig wie er, nicht wahr?"

„Du bist ein Hasenfuß und Feigling, Augustin. Du hast ihm nie widersprochen, es wird Zeit, dass wir endlich erwachsen werden, findest du nicht?"

♣

Die Koalitionskriege sowie der Aufstand in der Vendée und der damit durch äußere Feinde an den Grenzen und im Innern ausgelöste Notstand führen zu einer weiteren extremen Radikalisierung der Revolution.

Das zunächst allen Revolutionären gemeinsame Ziel, politische Institutionen in Frankreich mit strikter Gewaltenteilung zu schaffen, wird nun nach und nach aufgegeben, bis sich eine Diktatur mit höchster Machtkonzentration in wenigen, bald in einer – Robespierres – Hand, etabliert hat.

Am 10. März 1793 installiert der Nationalkonvent auf Vorschlag Dantons ein außerordentliches Strafgericht (ab Oktober 1793 Revolutionstribunal genannt).

Die Jury, der Staatsanwalt und seine zwei Vertreter werden vom Konvent ernannt, sind also nicht unabhängig und verschmelzen die gesetzgebende mit der Rechtsprechenden Gewalt.

Bereits seit September 1792 dominieren die radikalen Jakobiner (140 Abgeordnete), zunehmend unterstützt vom sich immer mehr links orientierenden Marais (450Abgeordnete), die gemäßigten Girondisten (160 Abgeordnete) im Nationalkonvent. Deren Opposition wird mit Hilfe der Commune, für die Robespierre im Nationalkonvent sitzt, vernichtet.

Die Commune organisiert zweimalige Aufstände, man dringt in den Konvent ein, um Girondisten, unter ihnen auch diensttuende Minister, zu verhaften. Beim zweiten Versuch befehligt die Commune bereits achtzigtausend Nationalgardisten. Robespierre hat vorher mehrfach dazu aufgefordert, das Volk zu bewaffnen. Der Befehlshaber Hanriot ordnet gegenüber den fliehenden Konvents-Abgeordneten, die sich geweigert haben, gewählte Mitglieder aus ihrer Mitte der Verhaftung preiszugeben, pure Gewalt an. „Kanoniere, an die Geschütze", soll er befohlen haben.

„Das Schicksal der Gironde (ist) besiegelt, und das repräsentative System der bürgerlichen Revolution in Frankreich (.) gescheitert."[37]

Sowohl für legislative wie für administrative (exekutive) Zwecke benutzt der Konvent Ausschüsse, deren Befugnisse durch aufeinanderfolgende Gesetze ausgedehnt beziehungsweise beschnitten werden.

Mächtigster Ausschuss wird der Wohlfahrtsausschuss, in dem Robespierre ab Juli 1793 den Vorsitz führt. Ab Oktober 1793 ist er mit unbeschränkten diktatorischen Vollmachten ausgestattet und wird zum zentralen Organ der jakobinischen Schreckensherrschaft.

Am 10. Juni 1794 wird auf Robespierres Vorarbeit und Veranlassung hin das Gesetz vom 22. Prairial bekannt gegeben, die Zeit des Großen Terrors beginnt.

Das Dekret soll die Verurteilung und Hinrichtung von Gegnern der Revolution (Feinde des Volkes, ennemi du peuple) erleichtern und beschleunigen. Aufgrund der

---

[37] Schultz, U., a.a.O., S. 331.

dehnbaren gesetzlichen Begriffserklärung kann fast jeder zum Verdächtigen werden; er muss mit dem Tod bestraft werden, denn vor dem Revolutionstribunal gibt es nur Freispruch oder Tod. Die Möglichkeit zur Verteidigung wird abgeschafft, die Beweisaufnahme „erleichtert", moralische Überzeugungen von der Schuld eines Angeklagten gelten als ausreichend, die Jury muss nach drei Tagen entschieden haben. Alle Bürger Frankreichs sind verpflichtet, Verschwörer und Gegenrevolutionäre bei den Behörden zu denunzieren. Wer dies nicht tut oder Verdächtige gar in Schutz nimmt oder verteidigt, kann leicht selbst der Verschwörung oder Konterrevolution verdächtig werden.

Eine Kommission fertigt die Listen der Beschuldigten an (Proskriptionslisten), die vor das Tribunal geschickt werden sollen. Von Sicherheitsausschuss und Wohlfahrtsausschuss überarbeitet, werden diese Listen am Ende gemeinsam unterzeichnet.

Mithilfe des Revolutionstribunals gelingt Robespierre die Verfolgung und Verurteilung seiner persönlichen Gegner, man nimmt eine Zahl von zweitausendfünfhundert an.

Die Verwandlung der großen Idee von Freiheit, Gleichheit und Brüderlichkeit ist in der Wirklichkeit der Terrorherrschaft angekommen.

♣

Rue Saint Honoré 366
Im Thermidor des Jahres I der Republik
August 1793

Madame Duplay war entschlossen, etwas zu tun. Sie wartete, bis Maximilien Robespierre das Haus verlassen hatte, um an der morgendlichen Sitzung des Nationalkonvents teilzunehmen. Vor Mittag würde er auf keinen Fall zurück sein. Und auch eine Rückkehr erst in der Nacht war keine Seltenheit, so dass ihr genügend Zeit blieb, die Sache endlich zu regeln.

Sie ging in die Küche und stellte einen Topf mit Wasser auf den Herd. Dann räumte sie die Wäschetruhe im Flur aus. Unten auf deren Boden hatte sie ihn versteckt. Den Brief, den der Bote vor einigen Tagen gebracht hatte und der den Namen *Charlotte Robespierre* als Absender trug. Ihre Feindin, die schon mehrfach versucht hatte, Maximilien Robespierre ihrem Einfluss zu entziehen. Beim ersten Mal war Madame Duplay siegreich geblieben. Maximilien war zwar kurz mit Charlotte in eine andere Wohnung in der nahen Rue Saint Florentin gezogen, aber nach kurzer Zeit in seine alten Zimmer im Hause Duplay zurückgekehrt. Den Marmeladentopf, den Charlotte einige Zeit später mit einer Dienerin an ihren Bruder gesandt hatte, um gut Wetter zu machen – den hatte Madame Duplay zurückgewiesen. Er sei vergiftet, hatte sie behauptet und Maximilien hatte zugestimmt und sich deutlich auf ihre Seite gestellt.

Was hatte Charlotte jetzt wieder ausgeheckt? Madame Duplay hielt die Rückseite des Briefumschlags in den Wasserdampf. Nur ganz kurz, damit sich der Leim lösen, das Papier jedoch nicht wellen sollte. Bei entsprechendem Inhalt würde sie ihn sorgfältig wieder zukleben und Maximilien übergeben. Dass er länger als üblich bis zum Empfänger gebraucht hatte, dafür würde ihr, wenn erforderlich, schon eine Ausrede einfallen.

Lieber Bruder,

wie lange habe ich schon auf die Freude eines Zusammenseins mit dir verzichten müssen! Bevor ich nun nach Arras zurückkehre, denn hier in Paris hält mich nichts mehr, halte ich es für meine Pflicht, dich zu warnen und zu ermahnen.

Seit du in dem Hause des Tischlermeisters wohnst, hast du dich verändert. Und das hängt sicher auch mit dem Einfluss der Hauswirtin zusammen, die sich beinah als deine Mutter aufspielt! Unsere Mutter ist gestorben, niemand kann sie jemals ersetzen.

Mit Sorge höre ich die Nachrichten über die Entwicklungen in Frankreich, die du maßgeblich beeinflusst. Ich weiß, dass du meine Sicht der Dinge nicht hören willst, weil du Frauen eines Urteils nicht für fähig erachtest.

Man hat Olympe de Gouges verhaftet. Weil sie auch für uns Frauen Freiheit und Gleichheit einfordert?

Ich habe dich immer bewundert, weil du von Kindesbeinen an bemüht warst, tugendhaft zu sein. Aber mittlerweile kehrst du alles um.

Meinst du wirklich, du allein und deine politischen Weggefährten, ihr wüsstest, was der Wille des Volkes ist, wer tugendhaft ist und wer nicht? Ist jeder, der nicht eurer Meinung ist, ein Verräter? Ist er nun kein Bürger mehr, stattdessen ein Feind, den auszulöschen eine republikanische Pflicht ist?

Ich flehe dich an, Maximilien, besinne dich!

Auch Augustin habe ich darum gebeten, seinen Weg zu überdenken. Aber seine Sünden sind im Verhältnis zu *deinen geringfügig. Er taumelt von einer Liebschaft zur anderen und es kommt ihm nicht darauf an, ob es eine verheiratete Frau ist, die damit Mann und Kindern ein Leid antut.*

Ich habe deshalb unsere gemeinsame Reise in Nizza abgebrochen, um nach Paris zurückzukehren, was auch mein Verhältnis zu Augustin sehr belastet. Ich habe seit Wochen keine Nachricht mehr von ihm.

Ich werde für dich beten und dich der Fürsorge Gottes anempfehlen, obwohl auch dies nicht mehr zeitgemäß ist und viele von Gottes Dienern geflohen sind oder getötet wurden.

In Liebe
Charlotte

Während der Lektüre des Briefes fand sich Madame Duplay einem Wechselbad der Gefühle ausgesetzt. War sie am Anfang aufs Höchste erbost gewesen, weil Charlotte Robespierre ihr die Schuld an der – aus Sicht der Schwester – negativen Entwicklung des Bruders gab, wich diese Reaktion Erstaunen und Bewunderung für die offenen Worte der jungen Frau. Mon dieu, wie naiv und gleichzeitig wie mutig sie war! Madame Duplay würde den Brief vernichten – um Charlotte zu schützen. Wie viele schon waren für weniger verhaftet worden!

Würde die Nähe zu dem mächtigen Mann, auf die sie so lange stolz gewesen war, am Ende auch ihre eigene Familie bedrohen? Sie zerriss den Brief in kleine Stücke und wurde den ganzen Tag von schlimmen Ahnungen verfolgt.

Vor den Tuilerien, am Seineufer
21. Brumaire im Jahr II der Revolution
11. November 1793

„Desmoulins, haben Sie einen Moment?"

Camille Desmoulins, der gerade durch die Tür des Nationalkonvents hinausgehen wollte, drehte sich um.

„Citoyen Danton, kann ich etwas für Sie tun?"

„Vielleicht ja, vielleicht nicht, Camille, lassen Sie uns das bei einem Spaziergang besprechen."

„Ist es dafür draußen nicht etwas zu ungemütlich?", gab Desmoulins zu bedenken.

„Draußen und drinnen auch, lieber Desmoulins, wobei das Wort eine schreckliche Untertreibung ist, nicht wahr? Darüber möchte ich mit Ihnen reden. Kommen Sie!"

Die beiden Männer waren nach kurzer Zeit am Quai der Seine angelangt. Danton gab mit einigen Schritten nach rechts die Richtung vor, Desmoulins folgte ihm.

„Er schreckt vor nichts zurück, Desmoulins. Frauen, Kinder, verdiente Weggefährten."

Desmoulins nickte mit dem Kopf. Er schien genau zu wissen, wen Danton meinte.

„Wir haben alle geholfen, Georges, diesen Zustand herbeizuführen. Denken Sie nur daran, wie Sie die Sondergerichte gefordert haben. Jetzt haben wir sie. Das Revolutionstribunal leistet ganze Arbeit, ebenso wie der Konvent, aus dem alle Opposition mit unserer Billigung verschwunden ist. Wir haben zugestimmt, dass um der Erhaltung der republikanischen Tugend willen Terror ausgeübt werden muss. Dabei dachten wir an andere, hielten ihn für das große Ziel für gerechtfertigt, nicht, dass der Terror auch uns selbst treffen kann. Ein Fehler und eine Sünde."

„Wir können nicht weiter zuschauen! Wir sind beide verheiratet, Camille. Ihre schöne Lucile, Ihr Kind, meine Maxime. Sein Terror macht nicht vor den Familien halt."

Eine ganze Weile schwiegen beide Männer, verloren in Gedanken, jeder einzelne verurteilt, in einem rasend schnellen Gefährt zu sitzen, das längst die falsche Richtung eingeschlagen hatte, aus dem man aber nicht mehr aussteigen kann.

„Wie schön die untergehende Sonne den Fluss färbt. Oder ist es eher das Blut der Hingerichteten, das die Seine erröten lässt, was meinen Sie, Camille?"

Desmoulins antwortete erst nach einer Weile:

„Ich werde schreiben. Vielleicht können Worte doch noch etwas ausrichten."

„Ich werde an Ihrer Seite stehen, Citoyen Desmoulins. Es ist genug Blut geflossen."

Clichy bei Paris,
8. Messidor im Jahr II der Republik
26. Juni 1794

„Schaut von Zeit zu Zeit zu mir her, damit ihr euch nicht zu weit von mir entfernt. Ich bleibe genau hier sitzen und werde auf euch warten."

Charles Henri Sanson hatte sich auf den etwas erhöhten Abhang eines Grabens gesetzt, damit er seine Nichten, die Kinder seines Bruders Martin, im Auge behalten konnte. Hin und her rannten die beiden Mädchen, liefen entlang des langen Getreidefeldes, um die blauen Kornblumen und den roten Klatschmohn für ihren Blumenstrauß zu pflücken. Den, so hatten sie um Erlaubnis gebeten, wollten sie hinterher der Tante überreichen. Der wunderbare Frühsommertag verströmte unzählige Düfte, ein sanfter Wind bewegte die Ähren des noch sattgrünen Getreides. Der Grund für den Ausflug, nämlich die

Hoffnung, einmal von Arbeit abschalten zu können, das konnte hier gelingen.

Auf dem Weg, der sich entlang des Feldes schlängelte, war nur ein einsamer Spaziergänger in einiger Entfernung zu sehen. Beim Näherkommen erkannte Sanson einen Herrn in blauem Rock, gelben Beinkleidern und einer weißen Weste. Sein Haar war sorgfältig gekämmt und gepudert, den Hut hatte er abgenommen und auf ein Stöckchen gesteckt, das er auf der Schulter trug.

Der Hund, der dem Fremden in geringem Abstand gehorsam und gesittet folgte, war schwarz-weiß und von beträchtlicher Größe. Nun, auf Höhe der Kinder angekommen, sprach der Bürger mit ihnen, half beim Blumenpflücken und teilte seine Blumen gerecht zur Hälfte auf sie auf. Als alle drei zu Sanson traten, beugte sich der Fremde zu den Kindern hinab und küsste sie auf die Wange.

„Wie heißt du, meine Kleine?", fragte er das ältere der Mädchen.

„Marie, Monsieur, Marie Sanson."

Der Fremde zuckte zusammen, wie wenn er einen Schlag erlitten hätte. Er starrte Sanson an, wurde aschfahl im Gesicht. Er hatte den Henkersmeister, den man beschönigend auch einen gewissen Herrn aus Paris nannte, erkannt – so wie dieser ihn. Seine Augenlider zuckten, seine Stirn war voller Runzeln, sein Mund nur noch eine schmale Linie.

„Du bist ein …!", stieß Robespierre verächtlich und voller Wut hervor, aber beendete den Satz nicht. Er verfiel sofort darauf in minutenlanges Schweigen. Dann überwand er seine Starre, streckte sich, strich den beiden Kindern, die ob des plötzlichen Stimmungsumschwungs verstört am Wegesrand gewartet hatten, zärtlich über ihr Haar und befahl seinem Hund:

„Los Brount, komm!"

Sanson würdigte er keines Blickes. Robespierres kleine Gestalt bewegte sich eiligst davon.

Die abgehackten Köpfe der Männer und Frauen, blutjunger Mädchen, fast noch Kinder, die Familien, die gemeinsam verhaftet und zum Schafott geschickt worden waren, die Menschen, die sich in den letzten Minuten umarmt, geweint, geschrien oder ihren Henker verflucht hatten – all diese Bilder, von denen er sich wenigstens heute einmal hatte befreien wollen – sie waren wieder da. Sanson fing am ganzen Leibe an zu zittern, ein Leiden, das ihn immer wieder seit der Hinrichtung des Königs überfiel. Er musste sich zusammenreißen, Marie hatte schon angefangen zu weinen, Cecile starrte voller Angst auf ihren Onkel.

„Kommt, Kinder", sagte er und nahm jede an eine Hand, „lasst uns zurückgehen und eurer Tante die schönen Blumen schenken."

Sollte man über einen Tyrannen – der sich ängstigt und entsetzt vor dem Beil, mit dem er tötet – lachen oder weinen?[38] [39]

Auf der Straße nach Paris
8. Thermidor im Jahr II der Republik
26. Juli 1794

Joseph Fouché lehnte sich in der Kutsche zurück. Der schlechte Straßenzustand ließ sie rumpeln, hüpfen, schwanken, aber in dem geschlossenen Gefährt zu sitzen, war doch ein großes Privileg. Marie Antoinette, die Königin, hatte dieses Vorrecht nicht genießen können. In einem offenen Karren, angepöbelt und angespuckt, hatte sie unter dem Geschrei der Zuschauer ihren letzten Weg angetreten. Wenn er auch alle Vorsicht, die für eine Geheimoperation nötig war, hatte walten lassen. Wenn es der Zufall oder das Schicksal wollte, würde auch er bald in einem Leiterwagen sitzen.

Den Mann, der sein Freund gewesen und der Bruder seiner früheren Braut war, gemeinsam mit anderen Verschwörern, zu Fall zu bringen, dazu war Joseph Fouché entschlossen. Vor einigen Tagen hatte der Diktator, so war es ihm hintertragen worden, ihn im Jakobinerklub namentlich heftig attackiert und seinen Ausschluss erreicht. Eine Reaktion duldete nach aller Erfahrung also

---

[38] Siehe Sanson, Henry, Tagebuch der Henker von Paris, Zweiter Band 1685-1847, S. 46f.,
bei kolimo.uni-goettingen.de/public/KOLIMO_ header_ info; 2.10.2019 – 13.43 Uhr

[39] „Immer wird es gerade der reingläubige, der religiöse, der ekstatische Mensch, der Weltveränderer und Weltverbesserer sein, der in edelster Absicht Anstoß gibt zu Mord und Unheil, das er selber verabscheut", schreibt Stefan Zweig in Joseph Fouchè, Bildnis eines politischen Menschen, 44. Aufl., Fischer Taschenbuch, Frankfurt am Main 1952, S. 48.

keinerlei Aufschub mehr, wollte man nicht innerhalb kürzester Zeit das Schafott besteigen.

Begonnen hatte das Zerwürfnis an einem Abend im Jahr 1793, als Robespierre ihn einen grausamen Verbrecher genannt und Charlotte zur Lösung der Verlobung gezwungen hatte. Letzteres hatte ihn allerdings schon damals nicht sehr getroffen. Zwar war Charlotte die Schwester des schon zu jener Zeit mächtigsten Mannes in Frankreich gewesen, aber eine Schönheit war sie nicht und den Eindruck, eine leidenschaftliche Geliebte sein zu können, vermittelte sie auch nicht gerade. Also kein zu großer Verlust. Natürlich, was das rebellische Lyon und sein Wirken dort betraf, war Fouché nicht zimperlich in der Wahl seiner Mittel gewesen, aber der Konvent hatte ihn nun einmal beauftragt, den Aufstand niederzuschlagen. Er hatte nur auf Anordnung gehandelt, während Robespierre die Befehle gab, vor deren Konsequenzen er erschrak.

„Sie sind ein Mann ohne Prinzipien, ohne Tugend, voller Grausamkeit. Und dabei sind Sie ein Wendehals! Heute sprechen Sie so und morgen so. Gehen Sie mir aus den Augen und betreten Sie mein Haus nie wieder!" Robespierre hatte ihn bei den Schultern ergriffen und zur Tür hinausgedrängt.

Er hat mich damals hinausgeworfen, dachte Fouché und lächelte. Ein Wendehals zu sein, hatte Robespierre als Beleidigung verstanden wissen wollen. Für Fouché war es eher ein Kompliment gewesen. War es nicht besser, ein lebendiger Wendehals als ein toter Fanatiker zu sein?

Die Kutsche hielt an. Man war vor den Tuilerien angekommen. Fouché öffnete den Wagenschlag, schaute eine Weile hinüber zum Théatre des Tuileries, dem neuen Tagungsort des Konvents seit Mai 1793. Dann schüttelte er unmerklich den Kopf, schloss die Tür wieder und gab dem Kutscher den Auftrag zum Aufbruch. Nein, es war noch zu früh, er würde nicht aussteigen und Robespierre gegenübertreten, er musste sich weiter verbergen. Jede Nacht hatte er in den letzten Tagen an neuem Ort übernachten müssen, bei Bekannten oder Freunden, die bereit waren, das Wagnis auf sich zu nehmen. Er hatte nicht bei seiner sterbenden Tochter sein, ihre Hand ein letztes Mal halten, ihre Mutter trösten können. Wie ein Dieb hatte er nur in höchster Eile und heimlich ihren kleinen Sarg zum Friedhofe hinausbegleitet, dann wieder fliehen müssen.

Seine Spitzel, die im Konvent und Jakobinerclub saßen, würden ihm ohnehin jede Einzelheit berichten. Noch musste er die Fäden im Verborgenen spinnen, um diesen kleinen Mann, der sich ständig zum Opfer deklarierte, aber Tausende zu Opfern gemacht hatte, endlich das Netz überzuwerfen, aus dem er nicht mehr entkommen würde.

Heute Nacht würde er sich mit den anderen Verschwörern treffen, um seinen Plan zur Vernichtung Robespierres darzulegen.

Im Nationalkonvent
8. Thermidor im Jahr II der Republik
26. Juli 1794

Robespierre hatte die Rednerbühne bereits betreten. Wie immer sprach er nicht sehr laut, obwohl er seine Rede als furchterregendes Testament angekündigt hatte. Das Problem, dass seine Stimme nicht trug, hatte ihn bis heute nicht verlassen. Zwei Stunden stieß er Verdächtigungen gegen die Verschwörer im Konvent aus, die sich hinter der Maske tugendhafter Republikaner verborgen hätten. Namen nannte er wie üblich nicht, jeder konnte sich angesprochen fühlen. Dass man ihn töten wolle, er zum Opfer gebracht werden solle, das war ein weiteres Thema.

Von der gegenüberliegenden Seite wagte der erste Abgeordnete nach fast zwei Stunden einen Zwischenruf, direkt gefolgt von einem zweiten:

„Man will Sie nicht erwürgen, Sie sind es, der die öffentliche Meinung erwürgt!"

„Wenn man sich rühmt, den Mut der Tugend zu haben, muss man auch den zur Wahrheit haben. Nennen Sie die, die Sie anklagen!"

Weitere Abgeordnete meldeten sich zu Wort, Robespierre wurde kritisiert, zu Korrekturen aufgerufen, er geriet zusehends in die Defensive. Mal herrschte eisige Stille, mal tumultartiges Geschrei. Am Ende teilte man ihm mit, dass seine Rede nicht gedruckt werden würde, was bisher stets selbstverständlich gewesen war.

Robespierre wankte, seine Macht im Konvent bröckelte, die Bedingungen, ihn hinab zu stoßen, waren durch den Verlauf der heutigen Rede außerordentlich gestiegen, man hatte die Angst der Abgeordneten, als nächste das Schafott zu besteigen, mit Händen greifen können.

Im Nationalkonvent
9. Thermidor im Jahr II der Republik
27. Juli 1794

Es war kurz nach zwölf Uhr. Nach einem Zwischenruf des Abgeordneten Tallien, einem der nächtlichen Verschwörer, man müsse den Vorhang endlich zerreißen, hatte Saint Just, Robespierres treuester Vasall, ohne weiteren Kampf die Rednertribüne verlassen und sein Rederecht aufgegeben. Die Verschwörer waren entschlossen, weder Robespierre noch seine Parteigänger zu Wort kommen zu lassen. Billaud-Varenne, der Präsident des Konvents und bisher stets ein getreuer Gefolgsmann Robespierres, betrat die Tribüne.

„Gestern gab es in der Gesellschaft der Jakobiner eine große Zahl von Männern, die aufgeboten worden waren, um die Freiheit der Meinungen zu verletzen. Gestern hat Robespierre, hat man dort offen das Projekt entwickelt, den Nationalkonvent zu erdrosseln. ... Der Moment, die Wahrheit zu sagen, ist gekommen."

Robespierre eilte nach vorn.

„Nieder mit dem Tyrannen. Nieder mit dem König!", schallte es ihm entgegen. Für einen Moment schien er wie versteinert, starr vor Schreck, dann versuchte er das Wort zu ergreifen.

„Citoyens."

„Dieser Mann stellt bei sich zuhause Listen der Proskription gegen Mitglieder des Konvents auf!", unterbrach Tallien. „Ich fordere ein Dekret der Anklage für ihn", fuhr er fort.

„Verhaftung, Verhaftung! Abstimmung über die Verhaftung!", erscholl es wie aus einem Mund von allen Seiten. Nun endlich schwiegen die Abgeordneten nicht mehr, wagten sie, die mit immer radikaleren Forderungen dem immer radikaleren Diktator nach den Augen geschaut und dem Mund geredet hatten oder viele Monate von Furcht gelähmt, feige vor Angst vor allem versucht hatten, nicht aufzufallen, sich nach vorn.

„Ich verlange mein Rederecht", stieß Robespierre hervor. Sein Blick ging zu Saint Just, der aber nur mit den Schultern zuckte, als ob auch er keinen Rat wüsste.

„Verschwörer, Ruchlose, ihr alle! Warum stellst du dich an die Spitze der Mörder, Präsident? Ich verlange, dass man mich zum Tode befördert!"

Augustin Robespierre sprang von seinem Sitz auf, lief zur Tribüne und stellte sich an seines Bruders Seite.

„Ich verlange, mit meinem Bruder zu sterben!"

Die pathetische Geste Augustin Robespierres änderte nichts. Und auch Maximilien Robespierres Versuch, sich als Opfer hinzustellen, misslang. Wie oft hatte er im Konvent schon behauptet, dass man ihn ermorden wolle. Und immer hatten die Abgeordneten heftig widersprochen, ihn angefleht, weiter für Freiheit und Gleichheit zu kämpfen. Dieses Mal nicht.

Wie von den Verschwörern geplant, beschloss der Konvent die Verhaftung Maximilien Robespierres – kurzerhand auch die des Bruders – von Saint Just, Couthon und Lebas, dem Ehemann von Elisabeth Duplay. Wachposten wurden abkommandiert, die Verhafteten in verschiedene Gefängnisse zu bringen, Robespierre in die Conciergerie des Palais du Luxembourg, die seit längerem als Kerker diente.

Würde Fouchés Plan aufgehen – oder Robespierre seine Haut retten können, es ihm gelingen, das Volk, als dessen Sprachrohr und Sachwalter er sich gefühlt und gegeben hatte, noch gegen den Konvent in Stellung zu bringen?

Im Rathaus der Stadt Paris
9. Thermidor im Jahr II der Republik
27. Juli 1794 gegen 23 Uhr

Als die Kutsche mit Robespierre am Palais du Luxembourg angekommen war, hatte der Gefängnisdirektor die Aufnahme von Robespierre verweigert. Er sei von der Commune berufen und nur deren Befehlen unterstellt. Darauf fuhr man den Gefangenen zum Gebäude der örtlichen Polizeiverwaltung. Der Platz war umstellt von zwei Gendarmerie-Regimentern, die dem Aufruf des Bürgermeisters Lescot-Fleuriot zum sofortigen Aufstand – zwei Pariser Sektionen der Commune hatten dagegen den Befehl verweigert – gefolgt waren. Nach einigem Tumult und einem lautstarken Handgemenge zwischen Gendarmen und den Konvents-Beamten, die Robespierre begleiteten, öffnete der Kapitän eines der Gendarmerie-Regimenter den Wagenschlag. Robespierres Kopf erschien erst nach einer Weile, er blickte beklommen und unsicher um sich. Er stieg aus der Kutsche.

„Beruhige dich doch, bist du nicht unter Freunden?"[40], begrüßte ihn der Kapitän und führte Robespierre in einen Saal des Rathauses, wo sich bereits viele Commune-Mitglieder versammelt hatten und das „Ausführende Komitee", das nach dem Willen des Bürgermeisters Lescot-Fleuriot den Aufstand gegen den Konvent organisieren sollte, tagte. Bald darauf trafen auch Augustin Robespierre, Lebas und der gelähmte Couthon ein, allesamt von Sansculotten befreit, die auf den Straßen unterwegs waren. Maximilien Robespierre trat nach vorn.

„Das Volk hat mich soeben aus den Händen Aufständischer gerettet, die meinen Untergang wollten."[41]

Mehr sagte er nicht. Nicht, dass für das Volk die heiligste und unverzichtbarste aller Pflichten die Revolution sei, wenn die Regierung seine Rechte verletze, obwohl so mancher erwartet hatte, dass er sich mit solch flammenden Worten an die Spitze des Aufstandes stellen werde.

So berieten das Komitee und die versammelten Commune-Mitglieder einige Zeit weiter, ebenso die noch vor kurzem Gefangenen. Plötzlich hörte man in der Ferne Kanonendonner. Dann eilten einige Bewaffnete, die auf dem Vorplatz des Rathauses ausgeharrt hatten, in den Saal.

„Der Konvent lässt Truppen gegen uns marschieren!"

„Sie haben die Commune für ungesetzlich erklärt. Wir sind nun alle Feinde der Republik!", rief ein junger Mann und übergab einem Komitee-Mitglied das Papier mit dem Konvents-Dekret. Schon während es verlesen wurde, stürmten die meisten Anwesenden hinaus, jeder wusste, was es bedeutete. Robespierre, sein Bruder, Lebas und Couthon verließen ebenfalls den Saal, nur ver-

---

[40] Zitiert nach Schultz, U., a.a.O., S. 363.
[41] Zitiert nach Schultz, a.a.O., S. S. 364.

einzelte Mitglieder des Ausführenden Komitees blieben dort zurück.

Kurz nach Mitternacht war ein Pistolenschuss aus einem Nebenraum zu hören. Dann ein Schrei: „Robespierre hat sich getötet!" Sofort rannten alle in die Richtung, aus der der Schuss gekommen war.

Maximilien Robespierre lag auf einem Sessel, der Schuss hatte seine Kinnlade heruntergerissen, er blutete heftig, er schien bewusstlos, reagierte kaum noch. Von seinen Begleitern, seinem Bruder, Lebas und Couthon war nichts zu sehen. Die noch verbliebenen Komitee-Mitglieder ergriffen überstürzt die Flucht und überließen den Verletzten seinem Schicksal.

Mittlerweile hatten die Truppen des Konvents das Rathaus bereits umzingelt, unter der Führung des Abgeordneten Barras drangen die Soldaten ins Gebäude ein.

Man fand den verletzten Robespierre, er wurde auf einen Tisch gelegt und später auf einem Brett in den Sitzungssaal des Wohlfahrtsausschusses, dem er so viele Jahre vorgestanden und den er als grausames Werkzeug missbraucht hatte, gebracht. Der Wundarzt entfernte drei heraushängende Zähne, legte einen Verband an, der die Kinnlade zusammenhalten sollte und teilweise das Gesicht verdeckte.

Augustin Robespierre, der aus dem Fenster des Rathauses gesprungen und verletzt war sowie Couthon, der mit einigen Helfern über eine Hintertreppe zunächst hatte flüchten können, wurden erkannt und festgenommen. Lebas hatte sich beim Eindringen der Soldaten selbst erschossen.

Maximilien und Augustin Robespierre sowie Couthon wurden in das Gefängnis der Conciergerie des Justizpalastes überführt. Dorthin brachte man auch Saint Just mit einer Reihe anderer Verhafteter.

Was sie erwartete, hatten sie selbst vorherbestimmt.

Robespierre
Georg Heym
1910

Er meckert vor sich hin. Die Augen starren
Ins Wagenstroh. Der Mund kaut weißen Schleim.
Er zieht ihn schluckend durch die Backen ein.
Sein Fuß hängt nackt heraus durch zwei der Sparren.

Bei jedem Wagenstoß fliegt er nach oben.
Der Arme Ketten rasseln dann wie Schellen.
Man hört der Kinder frohes Lachen gellen,
Die ihre Mütter aus der Menge hoben.

Man kitzelt ihn am Bein, er merkt es nicht.
Da hält der Wagen. Er sieht auf und schaut
Am Straßenende schwarz das Hochgericht.

Die aschengraue Stirn wird schweißbetaut.
Der Mund verzerrt sich furchtbar im Gesicht.
Man harrt des Schreis. Doch hört man keinen Laut.

10. Thermidor im Jahr II der Republik
28. Juli 1794

Charles Henri Sanson und sein Sohn Henri hatten auf Befehl von Fouquier-Tinville, dem Ankläger des Revolutionstribunals, die Nacht des 9. Thermidor samt ihrer Gehilfen im Justizpalast verbringen müssen. Die Geschehnisse der letzten zwei Tage versprachen reiche und prominente Ernte für die Guillotine. Den Henkern hatte man befohlen, das Schafott, das sich seit einiger Zeit auf dem Platz des umgestürzten Thrones am östlichen Stadtrand von Paris befunden hatte[42], wieder zum Place de la Révolution in der Stadtmitte zu verbringen. Dort war schon Ludwig der XVI hingerichtet worden, dort sollte auch Robespierres Kopf in den Korb fallen. Unzählige Menschen waren auf den Straßen und Plätzen versammelt, die ganze Bevölkerung der Stadt schien auf den Beinen. Als das Schafott endlich abgebrochen war, wünschten einige „Glückliche Reise, und kommet nicht wieder!"

Um neun Uhr am Morgen des 10. Thermidor hatte man begonnen, die zweiundzwanzig Gefangenen, deren Verurteilung man betreiben wollte, in die Listen einzutragen. Das Revolutionstribunal verhandelte zügig; seit dem Dekret vom zweiundzwanzigsten Prairial gab es weder Verteidiger noch umständliche Zeugenaussagen, die Todesurteile waren genauso schnell gesprochen wie vorher bei den politischen Gegnern Robespierres und seiner radikalen Jakobiner. Nur richteten sich die Gesetze und Vorschriften jetzt gegen ihre eigenen Schöpfer.

Um zwei Uhr nachmittags trat der Henkersmeister Charles Henri Sanson mit seinem Bruder Martin und zwei seiner Gehilfen in den Kerker Robespierres. Der

---

[42] Die Pariser hatten aufgrund der vielen täglichen Hinrichtungen das Interesse an dem Spektakel verloren.

Mann, der eben noch der grausame Diktator gewesen war, vor dem alle zitterten, lag auf einem hölzernen Bett, jenes Bett, auf dem auch Danton seine letzte Nacht hatte verbringen müssen. Er trug immer noch seinen blauen Rock, aber die Strümpfe waren hinuntergerollt bis zu den Fersen. Sein Haar, sonst sorgfältig frisiert und gepudert, war verwirrt und hing im Nacken herunter. Er nahm keine Notiz von den Eintretenden, sondern blickte angestrengt zum gegenüberliegenden Fenster, durch welches ein paar Sonnenstrahlen fielen.

Wie sollte er den Gefangenen ansprechen? Eigentlich war er durch die Verurteilung kein Bürger der Republik mehr, nur ihr Feind.

„Bürger Robespierre", sagte der Henkersmeister dennoch, „wir müssen dich zurüsten."

Der Angesprochene blickte nicht auf, nichts deutete darauf hin, dass er die Stimme oder den Scharfrichter selbst, vor dem er sich in Clichy so erschreckt hatte, wiedererkannte. Er blickte Charles Henri Sanson nicht an, machte keinerlei Bewegung.

„Wir müssen dir die Haare abschneiden, Bürger. Und dazu musst du aufstehen, sonst wird es uns nicht gelingen."

Bei diesen Worten trat der Henkersmeister auf den Gefangenen zu, hob ihn unter den Armen wie ein Kind an. Da er nach dem Aufrichten aber sofort in sich zusammensackte, setzte er ihn mit der Hilfe seines Bruders auf einen Stuhl, der in der Nähe stand. Robespierre machte keine Anstalten sich zu wehren, vielleicht fehlte ihm aber auch die Kraft dazu.

Martin Sanson entnahm einem Beutel an seinem Gürtel eine Schere, der Bruder öffnete Robespierres Kopfverband nur so weit, dass die Kinnlade noch ein wenig zusammengehalten wurde. Als Martin seine Arbeit beendet hatte, schloss der Henkersmeister den Verband wieder, reichte dem Gefangenen ein Stück Leinwand, das auf dem Stuhl gelegen hatte, damit er das Blut, das nun wieder aus dem zerschossenen Gesicht hervorquoll, etwas abwischen könne. Robespierre blickte ihn kurz an, nickte, kaum wahrnehmbar, mit dem Kopf, so, als wolle er dem Scharfrichter für seine Hilfe danken. Dann schloss er die Augen.

Die Henker verließen mit ihren Gehilfen den Kerker. Bis zu einer neuerlichen Begegnung würde es nicht allzu lange dauern.

Nur zwei Stunden später stiegen die Verurteilten die Treppe der Conciergerie hinab. Zweiundzwanzig hatte das Tribunal verurteilt, die beiden Robespierre, Couthon, Saint Just, Hanriot, den Bürgermeister Lescot-Fleuriot, weitere Munizipalbeamte und Soldaten. Um halb fünf setzten sich die offenen Karren in Bewegung, von Beginn an begleitet von den Schreien, Beschimpfungen und Flüchen der Menschen auf den Straßen, dem Volk, dessen unbedingtes Recht zum Aufstand für Robespierre immer heilig gewesen waren. Jetzt war der Volkswille erneut entfesselt, gegen ihn. Mal wurden die Gefangenen bespuckt, mal drohte man ihnen mit den Fäusten, wie bei einem Volksfest wurde aber auch viel gelacht. Als die Karren in der Rue St. Honoré angekommen waren, dort, wo Robespierre die Tage seiner Macht und Größe in der Obhut der Familie Duplay verbracht hat, umringten die Massen Robespierres Karren und brachten ihn zum Stehen. Immer mehr Menschen tanzten um das Gefährt herum, der Ring schloss sich enger. Eine Frau, der Kleidung nach zu urteilen eine wohlhabende Bürgersgattin, rüttelte an den Sparren des Leiterwagens. Mit dem Rücken dort angelehnt, saß Robespierre auf einer dünnen Schicht Stroh. Die Frau versuchte, hindurch zu greifen, seine Arme zu erfassen, ihn zu rütteln, aufzurütteln.

„Du hast meine Tochter auf dem Gewissen, Ruchloser. Möge das Blut meines Kindes über dich kommen in der Stunde deines Todes, Robespierre! Steige hinab zur

Hölle, Verbrecher, mit dem Fluch aller Mütter und Gattinnen!"

Erst nach einer ganzen Weile trat sie mit tränenüberströmtem Gesicht vom Karren zurück. Ein Mädchen, zwölf, dreizehn Jahre alt, schwenkte einen Eimer und schrie:

„Schau her, Tyrann! Hierin befindet sich Blut, das du vergossen hast!"

Die Schreienden, Johlenden machten ihr Platz. Sie lief durch die schmale Gasse, die sich gebildet hatte und goss mit Schwung das frische Blut, das sie vom Schlachter gegenüber geholt haben musste, an die Wand des Hauses Rue St. Honoré 366. Mit bloßen Händen verwischte sie die rote Flüssigkeit und zeigte der Menge immer wieder ihre besudelten Hände. Minuten um Minuten dauerte das Schauspiel, bis die Gendarmen, die den Zug begleiteten, den Ring um die tobenden, tanzenden Menschen enger zogen. Der abebbende Lärm verriet, dass der erste Höhepunkt des Volkszorns vorbei war. Die Karren setzten sich erneut in Bewegung.

Um viertel vor sieben erreichten sie den Revolutionsplatz. Die Verurteilten mussten aussteigen. Robespierres Gesicht war weiter zugeschwollen, Blut quoll aus der Kinnlade. Einer der Henkersgehilfen sah es und reichte dem Verurteilten ein Tuch.

„Merci, Monsieur."

Maximilien Robespierre nickte mit dem Kopf, nahm das angebotene Tuch entgegen und betupfte damit behutsam seine Wange.

Er sollte als Vorletzter[43] hingerichtet werden und seinen Bruder, seine Vertrauten Saint Just und Couthon unter dem Fallbeil sterben sehen. Trotzdem erlaubte man ihm, sich umzudrehen, was er unverzüglich tat. Er schloss die Augen. Er sah nicht, wie sein Bruder, wegen

---

[43] Nach den Tagebüchern der Henker von Paris als zehnter.

seiner Wunden von einem Gendarmen gestützt, das Schafott bestieg, nicht, dass Couthon, der Gelähmte, in einem Lehnstuhl hinaufgetragen wurde und es eine Viertelstunde dauerte, bis man seinen Hals, richtig fürs Guillotinieren, zurechtgelegt hatte. Saint Just verabschiedete sich mit „Lebe wohl" bei Robespierre, als er an ihm vorbeiging. Robespierre nickte mit dem Kopf, dann drehte er sich um, sah Saint Just zum Hochgericht hinaufsteigen und das Fallbeil seine Arbeit tun. Nun war er an der Reihe, nur der ehemalige Bürgermeister Lescot-Fleuriot würde noch einen Augenblick länger warten und den Schrecken aushalten müssen.

Maximilien Robespierre stieg ohne Hilfe, äußerlich ruhig und gefasst, die Treppenstufen zur Guillotine hinauf. Seine Augen waren kalt, ohne Regung. Oben angekommen, trat einer der Henkersgehilfen auf ihn zu. Ohne ein weiteres Wort löste er den Verband, der Robespierres Gesicht zusammenhielt. Der lose Kinnbacken hing augenblicklich herab, der Mund öffnete sich weit, sofort floss wieder Blut heraus. Robespierre schrie gellend, er musste unsägliche Schmerzen haben. Die beiden Henkersgehilfen stießen ihn eilig auf das Brett, nach kaum einer Minute war das Messer gefallen. Der Gehilfe nahm Robespierres Kopf aus dem Korb und zeigte ihn der versammelten Menge. Beifall brandete auf, Jubelschreie, man schwenkte die Hüte.

„Es lebe die Nation! Es lebe die Republik! Es lebe die Freiheit! Es lebe die Gleichheit!"

Charles Henri Sanson erinnerte sich, dass die gleichen Rufe bei der Hinrichtung des Königs erschollen waren.

Robespierre hatte den Monarchen nur um achtzehn Monate überlebt.

Stimmen

Stefan Zweig, 1929

„...dieser Mann, der leidenschaftlich die Tugend liebt und ebenso leidenschaftlich und lasterhaft in seine eigene Tugend verliebt ist, kennt keine Nachsicht und Verzeihung für einen, der jemals anderer Meinung als er selbst gewesen. [...] selbst dort, wo Politik gebieterisch zu Verständigung drängte, hemmt ihn seine Ha(.)sshärte und sein dogmatischer Stolz."[44]

Alexis Corbière, 2011

„Ich akzeptiere nicht, dass auf diese Weise (Man hatte sich geweigert, eine Straße nach Robespierre zu benennen; d.Verf.) von der Pariser Stadtverwaltung die große Rolle verringert wird, die dieser Mann während der französischen Revolution gespielt hat, bei jenem Ereignis, dass unsere Republik begründet hat. Umso weniger, als sein Gedankengut und seine Taten im Wesentlichen eine große Modernität besitzen."[45]

---

[44] Zweig, S., a.a.O., S. 75.
[45] Zitiert nach Schultz, U., a.a.O., S. 372.

Die Personen der Geschichte –
und was aus ihnen wurde

Charlotte Robespierre überlebte den 28. Juli 1794, den Tag der Hinrichtung ihrer beiden Brüder. Am 30. Juli 1794 wurde sie kurz festgenommen, aber bereits fünfzehn Tage später aus der Haft entlassen. Bis zu ihrem Tod im Jahr 1840 lebte sie in Paris, unverheiratet und bescheiden, seit 1803 ausgestattet mit einer jährlichen Pension von Napoleon Bonaparte, die sie durch Fürsprache ihres früheren Verlobten Joseph Fouché, nun Innenminister unter dem neuen Kaiser der Franzosen, erhielt. Auch während der Regierungszeit Ludwig XVIII empfing sie diese Unterstützung. Bekannt wurde sie durch ihre *Mémoires*, die sie 1837 veröffentlichte, eine wichtige Quelle für das Leben von Maximilien Robespierre.

Die Tatsache, dass sie, als Schwester des Tyrannen der Französischen Revolution, von zwei der auf ihn folgenden Monarchen eine Pension erhielt, gab einigen Stimmen Anlass zu dem Verdacht, sie habe hinter dem Rücken ihrer Brüder gegen diese spioniert.

*Maximilien Robespierre*s Körper wurde in einem Massengrab beigesetzt, irgendwo dort landete getrennt davon auch sein Kopf. Vorher soll es der Nichte des Unternehmers Curtius, dessen Kabinett von Totenmasken eine Pariser Attraktion darstellte, noch gelungen sein, einen Wachsabguss von Robespierres Kopf zu machen. Auf Umwegen sei er ins Wachsfigurenkabinett von Madame Tussaud in London gelangt, wird behauptet. In der Chamber of Horrors kann man ihn besichtigen.

Camille Desmoulins, enger persönlicher Freund Robespierres und sein politischer Weggefährte, wurde am 30. März 1794 gemeinsam mit *Georges Danton* verhaftet. In seinem Blatt *Vieux Cordelier* hatte er die *Tyrannei der Schreckensmänner* gegeißelt und damit Robespierre und die Jakobiner angegriffen. Er starb, gemeinsam mit Danton, am 5. April 1794 unter der Guillotine. Am gleichen Tag arrestierte man *Lucile Desmoulins*. Sie habe die Befreiung ihres Ehemanns betrieben und sei ein Feind der Republik. Sie starb, dreiundzwanzigjährig, acht Tage nach ihrem Mann, unter dem Fallbeil. Der gemeinsame Sohn, *Horace Desmoulins*, wurde von der Großmutter mütterlicherseits und einer Tante aufgezogen und emigrierte später nach Haiti.

Die Freundschaft mit Maximilien Robespierre wurde einigen Mitgliedern der *Familie Duplay* zum Verhängnis. Die Eltern und zwei der Töchter, *Éléonore* und *Elisabeth*, wurden nach Robespierres Hinrichtung am 28.Juli 1794 verhaftet. Lebas[46], jakobinischer Revolutionär und Elisabeths Ehemann, hatte sich beim Sturm der Konvents-Soldaten auf das Rathaus erschossen. Sie blieb mit ihrem gerade sechs Wochen alten Sohn zurück. Madame Duplay, die Robespierre in Bewunderung und Fürsorge verbunden gewesen war, erhängte sich am Tag nach ihrer Verhaftung an einem Gitter ihrer Zelle. Im Dezember 1794 wurden Éléonore und Elisabeth freigelassen, im Mai 1795 der Vater. Éléonore blieb lebenslang unverheiratet.

Das französische Herrscherpaar *Ludwig XVI* und *Marie Antoinette* starben beide im Jahr 1793 unter dem Fallbeil; Ludwig im Januar, neun Monate später seine Ehefrau. Der Dauphin, ihr gemeinsamer Sohn, fand im Alter von 10 Jahren den Tod im Gefängnis, Opfer einer rabiaten republikanischen Umerziehung und Verwahrlosung durch seinen Wächter, den Schuster Simon.

---

[46] auch Le Bas

Charles Henri Sanson trug den blutroten Mantel, das Erkennungszeichen des Henkersmeisters, seit 1778. Bis zu sechs Henkersknechte halfen ihm bei seinem (erblichen) Amt, das er von Anfang an gehasst und nur zur Sicherstellung seiner Familie und unter Druck übernommen hatte. Er war ein Befürworter der Guillotine, weil sie eine humanere Art des Tötens als das Richtschwert ermögliche. Seit 1793 wurde er von seinem Sohn Henri bei den Hinrichtungen unterstützt, 1795 als Henkersmeister von diesem abgelöst. Sein Sohn Gabriel, der bei Hinrichtungen dem Vater ebenfalls assistiert hatte, war 1792 tödlich abgestürzt, als er der Menge einen abgeschlagenen Kopf zeigen wollte.

Als Napoleon dem als *Monsieur de Paris* bekanntgewordenen Henkersmeister eines Tages begegnete und ihn fragte, ob er nach den dreitausend vollzogenen Hinrichtungen noch ruhig schlafen könne, soll dieser geantwortet haben:

„Wenn die Kaiser, Könige und Diktatoren ruhig schlafen können, warum soll's nicht auch der Henker können?"[47]

Joseph Fouché blieb auch weiterhin wendig. Im Hintergrund konspirierte er mit verschiedenen politischen Lagern, spionierte überall, tauchte unter und wieder auf, wurde Innen- und Polizeiminister unter Napoleon und Ludwig XVIII, schaffte es bis zum Herzog, machte sich Freunde und vor allem Feinde. Am Ende war er mehrfach in Ungnade gefallen, aber hatte alles überlebt. Er starb am 26. Dezember 1820 in Triest; seinen vier Kindern hinterließ er ein Vermögen von 14 Millionen Francs.

---

[47] Charles Henri Sanson, in wikipedia; 26.11.2019 – 10.11 Uhr.

Literatur

Grosser, F., Theorien der Revolution zur Einführung, Junius Verlag, Hamburg 2013

Jochmann, C. G., Robespierre, Universitätsverlag Winter GmbH, Heidelberg 2009

Robespierre, C., Mèmoires, Nouveau Monde éditions, Paris 2006

Schultz, U., Der König und sein Richter. Ludwig XVI und Robespierre. Eine Doppelbiographie, C.H.Beck, München 2012

Zweig, S., Joseph Fouché. Bildnis eines politischen Menschen, 44. Aufl., Fischer Taschenbuch Verlag, Frankfurt am Main 2001

Internet

Encyclopedia.com, Robespierre, Charlotte

Forschungsinstitut für die Entwicklung des Europäischen Kulturraumes (Hrsg.), Die Frauen in der Französischen Revolution von Yes Bessieères et Patricia Niedzwicki

Sanson, H., Tagebücher der Henker von Paris. Zweiter Band 1685 – 1847

Wikipedia

Augustin Robespierre;

Charles Henri Sanson;

Gesetz vom 22. Prairial;

Maximilien de Robespierre – Zitate;

Maximilien de Robespierre;

Nationalkonvent;

Revolution;

Revolutionstribunal;

Terrorherrschaft;

Theoretiker und Praktiker der Revolution;

Tugend und Terror;

Wohlfahrtsausschuss;

Zeittafel zur Französischen Revolution

Wiegenlied

Georg Herwegh
1841

Deutschland – auf weichem Pfühle
Mach dir den Kopf nicht schwer!
Im irdischen Gewühle
Schlafe, was willst du mehr?

Lass jede Freiheit dir rauben,
Setze dich nicht zur Wehr.
Du behältst ja den christlichen Glauben:
Schlafe, was willst du mehr?

Und ob man dir alles verböte,
Doch gräme dich nicht zu sehr,
Du hast ja Schiller und Goethe:
Schlafe, was willst du mehr?

Dein König beschützt die Kamele
Und macht sie pensionär,
Dreihundert Taler die Seele:
Schlafe, was willst du mehr?

Es fechten dreihunderter Blätter
Im Schatten, ein Sparterheer;
Und täglich erfährst du das Wetter:
Schlafe, was willst du mehr?

Kein Kind läuft ohne Höschen
Am Rhein, dem freien, umher:
Mein Deutschland, mein Dornröschen,
Schlafe, was willst du mehr?

Das verlorene Leben oder
Kennen Sie Robert Blum?

Sie hat seinen Brief gelesen. Gestern Abend, im Netz, mehr zufällig. Der hat sie so aufgeregt, nein, das ist das falsche Wort. Er hat sie so bewegt, dass sie kaum einschlafen konnte.

Sie steigt aus der U-Bahn und läuft die wenigen hundert Meter zur Beruflichen Schule. Drei Mal wird sie heute Frau Held, zwei Mal Herrn Kern zum Unterricht begleiten. Bei Frau Held ist es meistens interessant, da vergehen die Stunden wie im Flug. Bei Herrn Kern, Paul – er hat gleich zu Beginn darauf bestanden, dass man sich duzt – da wird jede Schulstunde zur Ewigkeit. Für die Schüler auch, deshalb benehmen sie sich bei ihm wohl auch so.

Das muss doch ein Irrtum sein! Ihr Name steht auf dem Vertretungsplan, drei Mal. Es sind die Politik-Stunden von Frau Held, und die steht oben in der ersten Spalte als *abwesend*. Ob sie krank ist? Dann hätte sie doch bestimmt angerufen? Jenny eilt zum Büro des Konrektors.

„Ja, bitte!"

Die Stimme von Herr Reuter klingt angestrengt, gestresst, unwirsch.

„Guten Morgen, Herr Reuter."

Jenny wartet einen Moment. Herr Reuter will vielleicht den Gruß zunächst erwidern?

„Ja, was ist denn? Haben Sie mal auf die Uhr geschaut, in fünf Minuten beginnt der Unterricht!"

„Deshalb bin ich hier. Sie haben mich für Frau Held eingeplant, aber ich bin noch in der Hospitationsphase, ich habe noch nie allein vor einer Klasse gestanden."

„Ja, Fräuleinchen, da wird's für den Sprung ins eisige Wasser höchste Zeit. Frau Held liegt im Krankenhaus."

Als Jenny schweigt und stehen bleibt, fährt er fort:

„Nichts Ernstes, keine Sorge. Ist gestern Abend beim Fenster-Dekorieren von der Leiter gefallen. Beinbruch, rechts. Wird ein bisschen dauern, ich soll Sie schön grüßen. So, und nun mal ab in die Zwölf. Schauen Sie ins Klassenbuch, da können Sie sich orientieren, was Sie mit denen machen müssen. Berichten Sie mir heute Mittag mal, wie's gelaufen ist. Wir wollen nämlich gerne wissen, ob das Grüngemüse heute noch zu etwas taugt, nicht wahr, Frau Schmidt?"

Reuter hat bei den letzten Worten die Schulsekretärin angeschaut, die einige Meter weiter an ihrem Schreibtisch sitzt.

Jenny hat seinen Wink verstanden, denn – er wird die Beurteilung schreiben. Wenn sie Probleme berichtet oder macht, die ihr übertragenen Aufgaben nicht zur vollen Zufriedenheit ausfüllt, nicht einsatzbereit und kooperativ ist – dann heißt's am Ende Ende Gelände. Niemanden wird es interessieren, ob eigenständiger Unterricht zu diesem Zeitpunkt ihrem Ausbildungsplan entspricht.

Im Lehrerzimmer holt Jenny ihre Schultasche, in der sich als Selbstverteidigungswaffenarsenal rein gar nichts befindet, kein Buch, kein Arbeitsheft, nicht mal ein Lehrerkalender für Zensuren. Gewissermaßen nackt öffnet sie die Tür zur Zwölf.

Sie hat die Klassentür schon vor einigen Minuten geschlossen, sie hat eine geraume Weile vorn am Pult gestanden, jetzt sitzt sie auf dem Stuhl am Pult. Am Lärm und den vielen Beschäftigungen, die nicht das Geringste mit Unterricht zu tun haben, ändert das nichts. Die Harmlosesten schauen auf ihr Handy, die Harmlosen unterhalten sich leise, die weniger Harmlosen starren Jenny an, wiehern, feixen, lärmen, laufen durch die Klasse.

Jenny erhebt sich, bleibt einen Moment ruhig stehen, fixiert die Schüler. Hat sie bei Frau Held abgeschaut. Es wird tatsächlich still.

„Guten Morgen, meine Damen und Herren. Ich heiße Jenny Winter und werde heute die Vertretung für Frau Held übernehmen. Sie hatte einen Unfall und liegt im

Krankenhaus. Sie haben bei Frau Held das Thema Wahlen angefangen. Daran möchte ich mit Ihnen weiterarbeiten."

Die höflich-abwartende Stille ist nach Jennys kurzer Ansprache augenblicklich beendet. Die Harmlosesten schauen wieder auf ihr Handy, die Harmlosen unterhalten sich leise, die weniger Harmlosen starren Jenny an, wiehern, feixen, lärmen, laufen durch die Klasse.

Was soll sie jetzt machen?

Aussitzen, bis es den Schülern zu langweilig wird und sie sich möglicherweise doch noch Gehör verschaffen kann? Dann kommt vielleicht gleich ein Kollege zur Tür hereingerannt und beschwert sich über den Lärm. Und erzählt es brühwarm dem Reuter.

Anbrüllen? Damit versucht es Paul des Öfteren. Nützt aber immer nur für eine Minute. Dann ist es eher schlimmer als vorher, und die sechzig Sekunden sind beim nächsten Mal nur noch fünfundvierzig.

Jenny entscheidet sich für einen stummen Impuls. Wurde in einem Didaktik-Buch aus dem Seminar empfohlen. Sie steht auf, nimmt ein Stück Kreide in die Hand und schreibt einen Namen an die Tafel:

Robert Blum

1848
Brief an die Frau vom 9. November[48]

Mein teures, gutes liebes Weib,

lebe wohl für die Zeit, die man ewig nennt, die es aber nicht sein wird. Erziehe unsere – jetzt nur Deine Kinder zu edlen Menschen, dann werden sie ihrem Vater nimmer Schande machen. Unser kleines Vermögen verkaufe mit Hilfe unserer Freunde. Gott und gute Menschen werden Euch ja helfen. Alles, was ich empfinde, rinnt in Tränen dahin, daher nochmals: leb wohl, teures Weib! Betrachte unsere Kinder als teures Vermächtnis, mit dem Du wuchern musst, und ehre so Deinen treuen Gatten. Leb wohl, leb wohl! Tausend, tausend, die letzten Küsse von Deinem Robert.

Wien d 9. Nov. 1848 morgens 5 Uhr, um 6 Uhr habe ich vollendet.

Die Ringe habe ich vergessen; ich drücke Dir den letzten Kuss auf den Trauring. Mein Siegelring ist für Hans, die Uhr für Richard, der Diamantknopf für Ida, die Kette für Alfred als Andenken. Alle sonstigen Andenken verteile Du nach Deinem Ermessen.

Man kommt! Lebe wohl! Wohl!

---

[48] Schmidt, S. (Hrsg.), Robert Blum. Briefe und Dokumente, Reclam Leipzig 1981, S. 125f.

Vier Jahre früher
1844
Brief[49] an die Schwester Margarete Selbach
vom 23. November[50]

Ich hätte von Dir am wenigsten die spießbürgerlich elende Weisheit erwartet: ‚Lass es sein, du änderst doch nichts!'
Pfui, schäme Dich derselben. Es hätte nie ein Christentum und eine Reformation und keine Staatsrevolution und überhaupt nichts Großes und Gutes gegeben, wenn jeder stets gedacht hätte: ‚Du änderst doch nichts!'

1848
Brief an die Frau
vom 18. Juni[51]

Liebe Jenny!
Du wirst glauben, ich sei sehr nachlässig geworden, aber wir schlagen dieser Tage die Entscheidungsschlacht[52] und schlafen jetzt höchstens 3 Stunden täglich. Daher verzeihe, wenn Du heute auch nur die Versicherung meines Wohlseins, die besten Wünsche für das Deine und tausendfach Gruß und Kuss erhältst von Deinem treuen Robert

---

[49] Die folgenden Briefausschnitte finden sich in Schmidt, S., (Hrsg.), a.a.O.; Layout- und Orthographieveränderungen vom Verfasser.

[50] Blum sitzt seit September 1844 wegen Verunglimpfung der königlich-sächsischen Justizbehörden eine zweimonatige Haftstrafe ab.

[51] Blum ist seit März 1848 Mitglied der Nationalversammlung in Frankfurt und von der in Leipzig lebenden fünfköpfigen Familie getrennt.

[52] die Debatte über die Bildung einer provisorischen Zentralgewalt.

Brief an die Frau
vom 5. Juli

Liebe Jenny!
Also Du bist immer noch krank? Das dauert ja sehr lange diesmal. Gewiss hast du Obst gegessen und dann Milch hineingetrunken, was Du nicht tun solltest. Nun, Dein Bleistiftbriefchen beruhigt mich wenigstens, dass es besser geht. Mache nur, dass Du gesund wirst und völlig wieder dem Haushalt und den Kindern zurückgegeben wirst.

Brief an die Schwester
vom 15. Juli

Liebe Schwester.
Wie es meiner Frau geht? Schlecht; sie hat bis vor kurzem die Ruhr gehabt, verbunden mit Gott weiß welchen Entzündungen, so dass sie lange gelegen hat und noch nicht genesen ist. Dazu waren von den Kindern zwei krank, Richard und Ida, und wie ich höre, ebenfalls gefährlich. Das macht einem auch noch den Aufenthalt schwer hier.
Sei so gut und kaufe mir ein Kistchen Eau de Cologne; ich muss einer Dame ein Geschenk machen hier und weiß nicht, was. Erzähle das aber meiner Schwägerin nicht, ich habe Gründe dazu.

Brief an die Frau
vom 4. Oktober

Wie es uns hier ergeht, das hast Du teils aus den Zeitungen, teils aus den Briefen an Jäkel ersehen. In der Nationalversammlung, verfolgt aus Bosheit, vom Volke in die traurigste Stellung gebracht aus Dummheit, von den Demokraten angefeindet und geächtet aus Unverstand, stehen wir isolierter als jemals und haben vor- wie rückwärts keine Hoffnung.
Die Zersplitterung Deutschlands hat nicht bloß Staaten und Stämme auseinandergerissen, sie frisst sogar wie ein böses Ge-

schwür an einzelnen Menschen und trennt sie von ihren Genossen, von aller notwendigen Gemeinsamkeit.

Nie bin ich so lebens- oder wirkungsmüde gewesen wie jetzt; wäre es nicht eine Schande, sich im Unglück von den Kampfgenossen zu trennen, ich würde zusammenraffen, was ich allenfalls habe, und entweder auswandern oder mir in irgendeinem friedlichen Tale des südlichen Deutschlands eine Mühle oder dergl. kaufen und nie wieder in die Welt zurückkehren, sondern teilnahmslos aus der Ferne ihr Treiben betrachten.

Brief an die Frau
vom 13.Oktober[53]

Liebe Jenny!

An demselben Abend, an welchem Du diesen Brief bekommst, komme ich nach Leipzig, reise aber am nächsten Morgen um 6 Uhr weiter nach Wien. Richte Dich also danach. Sagen darfst Du's niemand.

Herzlichst mich auf das kurze Wiedersehen freuend, grüßt und küsst Dich und die Kinder, die ich wach zu finden hoffe,
Dein
Robert

Also Samstagabend komm' ich. Kaufe den Kindern etwas Kuchen, welchen ich mitbringe.

---

[53] Am 6.Oktober hat in Wien ein Volksaufstand begonnen. Die Linke in der Frankfurter Nationalversammlung beschließt am 12. Oktober, durch eine Delegation eine Solidaritätsadresse überbringen zu lassen; einer der vier Delegierten ist Robert Blum.

Brief an die Frau
vom 17. Oktober

Liebe Jenny!

Unter dem ersten Eindrucke dieser ungeheuren Stadt kann ich Dir nur anzeigen, dass wir ohne oder doch mit sehr geringer Gefahr hier angelangt sind. Wien ist prächtig, herrlich, die liebenswürdigste Stadt, die ich je gesehen; dabei revolutionär in Fleisch und Blut.

Wenn Wien nicht siegt, so bleibt nach der Bestimmung nur ein Schutt- und Leichenhaufen übrig, unter welchem ich mich mit freudigem Stolze begraben lassen würde.

Lebe wohl, liebe Jenny, und bleibe guten Mutes, hier wird man's unwillkürlich.

Brief an die Frau
vom 23. Oktober[54]

Meine liebe Jenny!

Du siehst, ich lebe noch, und es ist auch noch keine Gefahr vorhanden; aber wir stecken eben fest.

Brief an die Frau
vom 6. November

Meine liebe Jenny!

Als ich Dir meine letzten Zeilen schrieb, deren Kürze die Umstände geboten, glaubte ich denselben auf dem Fuße zu folgen und wenigstens kurze Zeit in meinem Hause (in Leipzig) zu verleben. Das ist anders geworden, und ich werde unfreiwillig hier zurückgehalten, bin verhaftet. Denke Dir indessen nichts Schreckliches, ich bin in Gesellschaft Fröbels, und wir werden sehr gut behandelt.

---

[54] Nach dem Scheitern des Volksaufstandes in Wien beabsichtigt Blum nach Deutschland zurückzureisen.

Bitte H in meinem Namen, dass er Dir die Haushaltungsbe-
dürfnisse vorschießt; ich werde ihm das Entnommene sofort erset-
zen, wenn ich wiederkomme.

Lebe recht wohl, bleibe gesund und heiter, grüße alle Freunde
und empfange für Dich und unsere lieben Kinder von Herzen
Gruß und Kuss von
Deinem
Robert

Brief an C. Cramer
vom 9. November

Lieber Freund!
Es ist 5 Uhr, und um 6 Uhr werde ich – erschossen.
Also nur zwei Worte: Lebe wohl, Du und alle Freunde.
Ich sterbe als Mann – es muss sein.
Lebt wohl! Lebt wohl!

Ein bisschen haben die zwei Worte an der Tafel gewirkt. Im Klassenzimmer wird es etwas stiller, vielleicht liegt es aber auch daran, dass ein großer, massiger Schüler, der vorhin noch laut Witze erzählt hat, sich in der hintersten Reihe erhoben hat und nach vorne schreitet. Er stellt sich, beide Ellenbogen in die Taille gestützt, neben Jenny.

„Also, Kinder, det Fräulein hier will uns was sagen. Da darf ich euch mal um etwas Ruhe bitten, ne?"

Er legt seinen Finger mit großer Geste auf den Mund. „Shh, shh, Respekt", sagt er und bleibt neben Jenny, die er um Haupteslänge überragt, stehen.

Jetzt ist sie vollends unten durch. Gibt es irgendetwas, was die Situation noch retten könnte?

„Lina, du da vorne, du weißt doch immer alles, wer ist denn nun dieser Robert da an der Tafel, kannst du uns das sagen?", fährt der Große neben Jenny fort.

Lina steht auf.

„Vielleicht ist es Robert der Teufel aus der Oper von Giacomo Meyerbeer. Oder der Fliegende Robert, der aus dem Struwwelpeter, Herr Lehrer", sagt sie und setzt sich wieder.

Brüllendes Gelächter.

Wenn Jenny wenigstens die Namen der Schüler wüsste, vor allem dieses einen Rädelsführers hier neben ihr, dann könnte sie drohen, dass sie nach dem Unterricht den Rektor oder Konrektor unterrichten werde. Wenn's nicht so laut gewesen wäre, hätte sie am Anfang die Klassenliste aufrufen müssen. Dafür ist es jetzt natürlich zu spät.

„Würden Sie bitte Ihren Platz einnehmen, Herr, ja, wie heißen Sie noch?"

„Det is de Dennis, Frau Winter! Den Namen müssen Se sich merken!", ruft einer aus der zweiten Reihe.

Dennis verschießt einige wütende Blicke an ihn, aber die teilweise Aufhebung seiner Anonymität macht doch

Eindruck. Er stolziert zu seinem Platz zurück, schaut hierhin und dorthin, nickt mit dem Kopf, mehrere seiner Anhänger klatschen. Aber es ist merklich ruhiger geworden.

„Sie haben mit Frau Held das Thema Wahlen begonnen, und der Mann, dessen Name an der Tafel steht, hat viel mit diesem Thema zu tun", beginnt Jenny.

„Wenn ick am nächsten Wahlsonntag wählen muss, ob ick zu nem Auswärtsspiel von de Union fahr oder mein Kreuzchen irjendwohin mache, weeß ick genau, wat ick tu."

„Ist das vielleicht der neue Präsident der USA, Frau Winter?"

„Ich würde schon gerne wissen, wie das zusammenhängt", sagt ein Mädchen, das vorn, direkt dem Pult gegenüber, sitzt.

„Robert Blum hat für unser Wahlrecht gekämpft und dabei sein Leben verloren. Wir sind es ihm und den vielen anderen Märtyrern schuldig, unser Wahlrecht auszuüben", entgegnet Jenny.

Aber im Lärm der Pausenglocke und der sofort hinausstürmenden Schüler geht ihre Antwort – verloren.

Robert Blum

- 1807 – 1848
- Politiker, Journalist, Verleger, Buchhändler
- prominenter Redner in der Zeit des Vormärz und der Revolution von 1848/49
- Barrikadenkämpfer im Volksaufstand von Wien
- trotz parlamentarischer Immunität standrechtlich erschossen

Stimmen

1988 wird in der DDR die Würdigung Blums durch seinen Biographen Siegfried Schmidt vorgenommen, wonach er „befangen in seiner kleinbürgerlichen Lebenswelt [...] das falsche politische Leben gelebt (habe), denn er sei dem Weg parlamentarischer Umgestaltung Deutschlands gefolgt und nicht der Logik des Klassenkampfes, aber im Kampf gegen Bourgeoisie und Aristokratie (sei er) dann doch (noch) den richtigen Tod gestorben."[55]

„Diesem vergessenen deutschen Revolutionär (muss man) einen angemessenen Erinnerungsort [...] geben ... Keine zweite Geschichte (ist) so bedeutsam wie die vom Leben, Tod und Nachleben des Robert Blum, eine Novembergeschichte, die Geschichte eines deutschen Demokraten, der zwischen Revolution und Gegenrevolution lebte, kämpfte und litt, der an der Märzrevolution 1848 maßgeblich beteiligt war, ihre Errungenschaften durch das Paulskirchenparlament verfassungsrechtlich legitimieren und eine gesamtdeutsche Republik errichten wollte, der damit scheiterte, nach Wien eilte, um dort zu retten, was in Frankfurt und Berlin schon verloren war, der sich im Barrikadenkampf bravourös und tapfer schlug, in die Fänge der Gegenrevolution geriet, abgeurteilt und erschossen wurde – und als Märtyrer der Demokratie auferstand. Wir sollten mit diesem kostbaren Erbe respektvoll und pfleglich umgehen."[56]

---

[55] Zit. nach Reichel, P., Robert Blum. Ein deutscher Revolutionär 1807 – 1848, Vandenhoeck & Ruprecht, Göttingen 2007, S. 190.
[56] Reichel, P., a.a.O., S. 198f.

Literatur

Parigger, H., 1848 – Robert Blum und die Revolution der vergessenen Demokraten, 1.Aufl., Arena Würzburg 2011

Reichel, P., Robert Blum. Ein deutscher Revolutionär 1807 – 1848, Vandenhoeck & Ruprecht, Göttingen 2007

Schmidt, S.,(Hrsg.), Robert Blum. Briefe und Dokumente, Reclam Leipzig 1981

Der alte Demokrat

Er sagt, was er denkt
Er denkt, was er will.
National, sozial, liberal.

Er pafft, wenn er redet
Er redet unversteckt
Auch mal inkorrekt.

Die Sprache klar
Klar der Verstand
Belesen, entschieden, brillant.

Sie kennen ihn nicht?
Ist er schwarz oder rot?
Nun, er ist tot –

Der alte Demokrat
National, sozial, liberal.
Fatal, fatal!

Kurz gefasst

Wer will in heutiger Zeit schon *kein* Demokrat sein? Demokratie ist eine weithin akzeptierte Staats- und Gesellschaftsform, nur wird und wurde sehr Unterschiedliches darunter verstanden.

Diktatoren gab es schon in der römischen, Tyrannen in der griechischen Antike, meist dann, wenn ein innerer oder äußerer Notstand dies gebot. Das Intermezzo war allerdings begrenzt, nach einem halben Jahr war es beendet und man kehrte zur Republik oder Demokratie zurück – wenn dies denn gelang.

Diktatoren und Tyrannen, haben sie erst einmal die Macht erlangt, kann man nicht ganz so leicht wieder loswerden. Zwölf Jahre oder siebzig oder noch viel länger?

♣

Bis weit ins erste Jahrzehnt unseres Jahrtausends herrschte breite Übereinstimmung darüber, dass mit dem Zusammenbruch des Ostblocks – demgemäß dem Sieg des marktwirtschaftlichen, freiheitlich-demokratischen Gesellschaftsmodells über den Kommunismus – das *Ende der Geschichte* eingeläutet worden sei. Grundlegende Veränderungen, vor allem aber Verbesserungen, hielt man für unnötig und unmöglich. Revolution galt als überholt.[57]

Sowohl in der politischen Theorie als auch Praxis scheint sich allerdings ein Wandel abzuzeichnen. Man kann von einer Rückkehr der Revolution in die politische Arena ausgehen.[58]

---

[57] Siehe Grosser, F., Theorien der Revolution zur Einführung, 2. überarbeitete Aufl., Junius Hamburg 2018, S. 9.
[58] Siehe ebda., S. 12f.

„Pragmatische Empfehlungen jedenfalls, es im Zuge progressiver Politik bei reformorientierten Korrekturen an einem grundsätzlich funktionsfähigen System zu belassen"[59] – also Reformen statt Revolution – werden zunehmend nicht mehr als zeitgemäß wahrgenommen.[60]

♣

Sind die Lebensverhältnisse zu ungerecht, ist die Aufgabe sehr groß oder duldet keinen Aufschub, ertönt der Ruf nach schneller und tiefgreifender Veränderung. Es verwundert daher nicht, dass die Menschheitsgeschichte zahlreiche Aufstände, Revolten und Revolutionen – auf radikale Veränderung der bestehenden politischen und gesellschaftlichen Verhältnisse ausgerichtete, gewaltsame Umsturz[versuch]e – kennt.

Jede Revolution – von dem radikalen Neubeginn mit Veränderung aller bisherigen gesellschaftlichen Organisation und Institutionen spricht man erst seit der Französischen Revolution[61] – hinterlässt allerdings durch die Zerstörung der gesellschaftlichen Strukturen zunächst ein Machtvakuum, welches gefüllt werden muss und wird.

Nicht selten setzt sich dabei ein neues (Terror)regime mit diktatorischen Zügen ohne Freiheit für die Masse durch: Die Französische Revolution hatte *La Terreur*, das Terrorregime des Wohlfahrtsausschusses im Gefolge, der kommunistischen Revolution von 1919 folgte der Stalinismus mit Millionen ermordeter Menschen, der Entwicklung einer privilegierten Nomenklatura und die konsequente, jahrzehntelange Unterdrückung der Ost-

---

[59] Ebda., S. 14.
[60] Siehe ebda., S. 14.
[61] Manche Autoren ordnen auch die Bauernkriege bereits hier ein.

blockstaaten. Auch die chinesische Kulturrevolution forderte fast zwei Millionen Opfer.

Friedliche „Revolutionen" finden sich allerdings auch: der Kampf um die Unabhängigkeit Indiens 1946, die Überwindung des DDR-Unrechtsregimes durch Montagsdemonstrationen und gewaltlosen Widerstand im Jahr 1989, um nur zwei Beispiele der neueren Zeit zu nennen.

Der Gang der (uns heute bekannten) Geschichte ist gekennzeichnet durch die zunehmende Befreiung des Menschen aus *un*- oder *selbst*-verschuldeter[62] Unmündigkeit. Ohne dass unsere Vorfahren sich erhoben und gekämpft hätten, wären wir heute wohl nicht frei. Denn: Der gewaltlose Kampf kann erfolgreich sein, häufig ist er es aber auch nicht.

Gäbe es **ein** allen Menschen gemeinsames Ziel, wäre der künftige Fortschritt wohl kaum aufzuhalten, das irdische Paradies in greifbare Nähe gerückt.

Eher aber kann man von widerstreitenden, manchmal diametral entgegengesetzten Interessen und Überzeugungen von Nationen, Religionsgemeinschaften und gesellschaftlichen Gruppen ausgehen.

Eine Antwort auf diese Einschätzung ist die Staatsform der pluralistischen Demokratie. Kritik an gesellschaftlichen Entscheidungen, Einbringen des einzelnen in den öffentlichen Diskurs ist in der pluralistischen Demokratie nicht nur geduldet, sondern erwünscht; Kritikfähigkeit ist eines der obersten Lernziele von Erziehung. Die Vorstellung von einer pluralistischen Demokratie, so, wie unsere Verfassungsväter sie verstanden, sieht unterschiedliche Interessen und den Kampf für ihre Durchsetzung als „Strukturmerkmal und zentrale Forderung". […] In einer freiheitlichen Demokratie ist der Pluralismus der Meinungen und Interessen eine selbstverständliche

---

[62] Darüber stritten schon große Geister!

Erscheinung. Es kann nicht darum gehen, ihn zu überwinden, das heißt, missliebige Meinungen und fremde Interessen zu unterdrücken, sondern nur darum, einen möglichst gerechten Interessenausgleich zu finden. [...] Der Pluralismus-Theorie liegt die Annahme zugrunde, dass dieser Prozess zu einem auf Kompromissen aufbauenden, zufriedenstellenden Ergebnis für alle führt."[63]

Staatsformen, in denen von einem allen Individuen gemeinsamen Wohl ausgegangen wird oder wurde, sind, zumindest, was die Vergangenheit betrifft, gescheitert.

Werden die Visionen von einer Welt ohne nationale Gegensätze, ihre Realisierung in *einer* Weltregierung, dem *Weltbürger* Freiheit und materiellen Wohlstand bescheren – oder das Gegenteil?

---

[63] Schüler Duden Politik und Gesellschaft, 5. neu bearbeitete Aufl., a.a.O., Pluralismus,

Sie machen wohl Witze ...

Die Geschichte rächt sich an jungen Revolutionären dadurch, dass sie in späteren Jahren in Frack und Orden zum Opernball gehen müssen.
Bruno Kreisky[64]

Politik ist wie Orthographie. Manches war lange ein Fehler und plötzlich ist es das Richtige.
Amintore Fanfani[65]

Man kann nicht so lange wählen lassen, bis einem das Ergebnis passt.
Joschka Fischer[66]

---

[64] Zitiert nach Willy Brandt, Kommen Sie aus Deutschland oder aus Überzeugung. Politische Witze, 2.Auflage, dtv München 2014, S. 49

[65] A.a.O., S. 43.

[66] Zitiert nach Gambsch, E., Hrsg., Die 300 besten Politiker-Witze, Knaur München 1995, S. 20

3

Zum An-Denken

Gedankenskizzen, nur Vermeintlich-Vergessenes, lediglich Unbekannt-Unbedeutendes? Jede Revolution beginnt mit einem Gedanken …

Die Gedankenfreiheit
Haben wir.
Jetzt brauchen wir nur noch
Die Gedanken.

Karl Kraus[67]

---

[67]zitatmuseum.de; 03.03.2020, 7.41 Uhr.

Der Brief

Margarete saß seit einiger Zeit auf dem abgewetzten Ledersofa. Spuren hatten sich hineingegraben. Von den Menschen, die hier in den vielen Jahren Platz genommen hatten. Schwarze Streifen, Falten, dünne Stellen.

Vor ihr, zwischen Couch und Glastisch, lag, ausgestreckt auf dem Rücken, eine Frau, mit geöffneten Augen, aber verschlossenem Mund. Ein Mund, der nicht mehr atmete und auch keine Antwort gab. Margaretes Mutter, sie war tot.

„Das kann ich nun aber wirklich gar nicht gebrauchen", hatte Margaretes erster Mann gesagt, als sie ihm eröffnet hatte, dass sie ihn verlassen werde. Genauso empfand Margarete jetzt. Nicht nur, aber auch. Ein bisschen entsetzt war sie, über ihre Kaltblütigkeit. Warum war sie noch nicht in Tränen ausgebrochen, noch nicht schreiend zum Fenster gerannt? Warum hatte sie noch niemanden angerufen? Sie beugte sich über den Körper, schaute in das eingefallene Gesicht. Falten hatten sich eingegraben, um die Augen. Um den Mund. Vom Lachen, von Sorgen, Bitterkeit? Überall. Von den vielen Jahren Leben.

Margarete ergriff die Hand ihrer Mutter. Als sie die Kälte spürte, die nun von dieser Hand ausging, begriff sie endlich, was passiert war. Die Wärme, die stetige Liebe und Fürsorge, die von diesen Händen, ihrer Mutter, ausgegangen waren, sie waren für immer verloren.

Margarete begann zu weinen.

♣

Sie würde ein bisschen Ordnung machen und dann alles Notwendige, Organisatorische in Angriff nehmen.

„Ordnung machen, bevor man geht oder jemand kommt."

Margarete musste unwillkürlich lächeln. Das war eines der Glaubensbekenntnisse von Mama gewesen. Sie ergriff die Strickjacke, die auf dem Couchtisch lag. Ob Mama heiß gewesen war und sie deshalb keine Gelegenheit mehr gehabt hatte, sie penibel zu falten? Etwas fiel unter der Jacke heraus. Ein Brief, zugeklebt. Er landete mit seiner Vorderseite auf dem Couchtisch. Margarete drehte ihn herum.

„Margarete" stand auf dem Umschlag.

Das war Mamas Handschrift. Ob sie?

Margarete öffnete den Brief mit zittrigen Fingern.

„Mein liebes Kind,

wo auch immer du mich gefunden hast, diesen Brief hatte ich schon länger auf diesem Glastisch deponiert. Keine Angst also!

Ich liege oder sitze auch noch keine Ewigkeit hier. Frau Ibrahimović von nebenan hat jeden Morgen nach mir geschaut, ob ich noch lebe. Ich habe ihr einen Drittschlüssel von meiner Wohnung anfertigen lassen und ihr deine Telefonnummer gegeben, damit sie dich hätte benachrichtigen können und ich nicht wochenlang vor mich hin schimmele. Dass meine Tage gezählt waren, habe ich gemerkt und bei meinem hohen Alter konnte man das voraussehen. Ich hoffe, du hast nicht allzu sehr geweint. Ein bisschen, ja, das hätte mir gefallen.

Nun bin ich also tot, du musst mir zuhören, kannst nicht antworten und mir auch nicht widersprechen.

Letzte Worte sollen immer bedeutend sein, vielleicht bleiben sie in Erinnerung. Sagt man etwas Dummes, ist das der letzte Eindruck, den man hinterlässt. Deshalb habe ich lange überlegt und mir mit diesen Zeilen einige Mühe gegeben.

In den letzten Wochen habe ich ein wenig Expertenwissen anhäufen können. Als ich jünger war, wollte ich nicht einmal darüber nachdenken, über das Sterben und den Tod. Aber zum Schluss gab's keine Ausrede mehr. Damit du's nur weißt: Bei mir war alles halb so schlimm!

Die nette Frau Ibrahimović hat mir öfters vorgeschlagen, einen Geistlichen zu holen. Sie hatte wohl fürchterliche Angst um mein Seelenheil. Da sie so fromm ist, habe ich nie über Religion mit ihr gesprochen und so haben wir uns ohne all diese Dinge wunderbar vertragen. Sie wäre wohl entsetzt gewesen, dass ich lediglich geglaubt habe, dass vier Pfund Rinderknochen eine gute Suppe ergeben. Aber mir war die Vorstellung, durch Glauben und Beten das ewige Leben zu erlangen, stets eher gruselig. Anständig leben – das war für mich einsehbarer, aber das habe ich auch ohne Gottglauben versucht.

Der Gedanke, dass alles endlich, nun endgültig vorbei ist, gefällt mir. Stell dir vor, man müsste immerzu und ewig sein Lieblingsgericht essen oder seine Lieblingsmusik hören! Und – mit mir geht ja auch mein Schmerz. Alles vergessen, nichts bleibt zurück!

Sollte mich in meinen letzten Erdsekunden doch noch die Angst überkommen haben, so wird mich der Gedanke an die Güte getröstet haben, den man dem für mich zuständigen Christengott zuschreibt. Sicher spielt bei dem Aufwiegen des Lebens das Bemühen um ein ordentlich geführtes Leben eine Rolle, nicht wahr?

Ich war Sternenstaub – und jetzt bin ich zu den Sternen zurückgekehrt.

Wenn du mich hast verbrennen lassen – denn das möchte ich – streue meine Asche über dem Meer aus. Oder gib mir eine Ruhestatt unter einem Baum. Stell dir einfach vor, jedes Mal, wenn du an mich denkst, wird ein Kristall in meinen Schoß fallen, auf der Wolke, auf der ich zukünftig in dem blitzeblauen Himmel sitzen werde.

Leb wohl, mein Kind!

Ich hatte ein sehr langes Leben, nicht nur, weil ich so alt geworden bin. Ich durfte lieben – Menschen, Ideen, Dinge.

Ich liebte dich – am allermeisten.

Deine Mutter"

Margarete würde telefonieren – und dabei ein letztes Mal Mamas Hand halten.

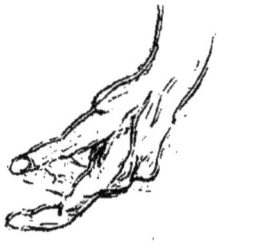

Home

U nweit von Frankfurt hat sich auf der A5 ein Stau gebildet. Zunächst reicht er nur bis zum Bad Homburger Kreuz. Immer mehr verdichtet sich der Verkehr, bis der Superstau bis Kassel reicht und nach sechsunddreißig Stunden den gesamten Verkehr bis Hamburg lahmlegt. Nichts geht mehr. Versorgungsfahrzeuge, die Wasser, Getränke und Lebensmittel für die von Hitze, Durst und Hunger Geplagten bereitstellen könnten, Rettungswagen für jene, deren Kreislauf zusammengebrochen ist – kommen nicht durch.

In Frankfurt ist der Quadratmeterpreis für eine Mietwohnung auf dreißig Euro gestiegen, trotz Mietpreisbremse. Gleichzeitig hat sich der Prozentsatz befristeter sowie prekärer Beschäftigungen an der Gesamtzahl aller Beschäftigungsverhältnisse rasant erhöht. Die Zahl der Wohnungslosen in Frankfurt hat sich auf fünfzigtausend gesteigert, zeitgleich ist die Zahl der Wohnungssuchenden in Frankfurt um zwanzig Prozent gegenüber dem Vorjahr angestiegen. Da das Pendeln aus dem Umland aufgrund der Verkehrsdichte immer schwieriger wird, verwaist die Umgebung der Metropole zunehmend, während der Druck auf den Wohnungsmarkt Frankfurts stetig wächst.

Die dichte Besiedlung der Metropolregion zieht erhebliche Umweltprobleme nach sich. Die Grenzwerte für Luftverschmutzung werden ständig überschritten. Deshalb verfügte Park- und Verkehrsverbote für die Autos in der Innenstadt führen zu massenweisen Schließungen von Kaufhäusern und Geschäften, was Entlassungen nach sich zieht. In der Stadt finden die Menschen keine Arbeit mehr, im Umland ebenso wenig. Die peripheren Regionen der Großstadt leiden zunehmend unter schlechter werdender Infrastruktur.

♣

2040

„Liebling, Gunnar hat uns frische Brötchen gebracht", rief Lisette, nachdem sie die Haustür wieder geschlossen hatte.

Kurz darauf kniff sie den Mund zusammen, legte die Hand über die Lippen, mmhte. Wieder hatte sie es vergessen! Dass Tommy, ihr Ehemann, einen völlig anderen Biorhythmus hatte, nach dem er lebte, nach dem er nach eigener Aussage leben musste, um sich wohl zu fühlen. Mittlerweile war der Morgen weit fortgeschritten. Durch die Fensterscheiben fielen helle, kräftige Sonnenstrahlen. Lisette machte sich wegen der Innentemperatur in der großen, mit futuristischen, äußerst geschmackvollen Möbeln ausgestatteten Wohnhalle, jedoch keine Sorgen. Gleich würde die Haussteuerung eine teilweise Abschattung der Fenster in Gang setzen, die automatischen Fensterrollos würden beiden Zwecken optimal gehorchen: zu große Aufheizung des Raumes zu verhindern, zu große Abschattung ebenso, so dass eine angenehme Balance zwischen Temperatur und Helligkeit gegeben sein würde. Lisette setzte sich an den von Lizzy[68] gedeckten Frühstückstisch. Es war neun Uhr, die Kinder hatten wieder nicht frühstücken wollen, Tommy würde sicher bis elf Uhr weiter schlafen.

---

[68] Lizzy ist Lisettes humanoider Haushalts-Roboter. Sie wurde im Jahr 2035 Lisettes Gesicht und Figur nachempfunden. Manchmal ist Lisette ein wenig eifersüchtig, denn Lizzy altert nicht. Ihre Haut bleibt frisch, sie nimmt nicht zu und bleibt so schlank, wie Lisette vor fünf Jahren noch war. Tommy streichelt Lizzy oft über die Haare, Lisette hat ihn schon einige Male beobachtet, wie er sie heimlich umarmt, sogar küsst. Na ja, reden kann Lizzy nicht, aber ob das für Tommy ein Nachteil ist oder eher das Gegenteil, darüber grübelt Lisette zunehmend oft nach.

Gunnars Brötchen schmeckten köstlich. Gunnar war der Name, den man der von Bäckerei und Supermarkt gemeinsam genutzten Drohne gegeben hatte. Frühmorgens lieferte er die Brötchen, ab elf Uhr die Nachschubbestellungen, die die Kühlschränke in der Siedlung übermittelt hatten. Das einzige, was man noch selbst holen oder von Günter, dem nicht-automatischen menschlichen Angestellten liefern lassen musste, waren die Wasserkästen. Lisette griff darauf aber nur sehr selten zurück. Ihr Wassersprudler übernahm meist die Aufbereitung von Wasser aus der Leitung; und das schmeckte ebenso gut wie schlecht wie das Mineralwasser, das man im Kasten kaufte.

Ein herrliches Leben, dachte Lisette, man muss nahezu nie aus dem Haus, alles vollzieht sich in diesem einen Lebensmittelpunkt. Das war vor zwanzig Jahren, bevor die große Virus-Krise die Kontinente durchgeschüttelt hatte, noch ganz anders gewesen. Aber Gottseidank hatte man daraus gelernt und schnell die Konsequenzen gezogen.

Das Auto, das sie vor vielen Jahren gekauft hatten, wurde nur sehr selten bewegt und sah deshalb wie neu aus. Eigentlich hätte man auch darauf verzichten können.

Hildchen und Hänschen, Lisettes und Tommys zwölf- und dreizehnjährige Kinder, saßen seit circa neun Uhr in ihren Zimmern am Computer. Sie hatten, wie eine eingehende Diagnose bestätigt hatte, Lisettes Biorhythmus geerbt und begannen deshalb ihren Schultag jeden Morgen etwa um diese Zeit.

Hänschen war mit seinem Jahresprogramm – diese kamen jedes Jahr im August heraus – jetzt Ende Mai fast fertig. Er war aber auch ein fixes Kerlchen. Hildchen war mehr die Träumerin, so dass der computer-installierte automatische Lehrer, der die Eingaben der Schüler kontrollierte und deren Fortgang listete, schon öfter das Verzugs-Signal hatte ertönen lassen, einen langen Pfeifton, gefolgt von einem dreimaligen Klingelton, dem sich eine automatische Durchsage anschloss:

„Schüler 135687[69] – dein Programm weist eine vierzehnprozentige Verzögerung in der Bearbeitung deiner Aufgaben auf. Den Berechnungen zufolge kannst du bei zehnprozentiger Arbeitseinheitssteigerung diesen Rückstand innerhalb von vier Wochen aufholen. Eine Ausweitung der Nutzungszeit deines Schulcomputers um eineinhalb Stunden täglich ist hierfür unerlässlich."

Wenn der Pfeifton und das Klingeln erfolgte, was in der letzten Zeit fast täglich geschah, lief Lisette stets hinüber zu Hildchens Zimmer. Aber Hildchen träumte immer weiter, und Lisette brachte es nicht übers Herz, sie bei Direktor Heinerlein anzumelden.

In Direktor Heinerleins Schule gab es nur einen Lehrer, ihn selbst. In seinen jungen Jahren hatte er über ein Kollegium von dreiundfünfzig Lehrern – unbarmherzig, wie man hie und da gehört hatte – geherrscht. Man hatte ihm seinen Titel belassen, ob auch seine Bezüge, war in der Siedlung unbekannt. Heinerlein verfügte noch über die alten Lehrerqualitäten: Er war in der Lage, zur Deutlichmachung seiner Absichten und Ansichten laut zu brüllen, er achtete auf absolute Pünktlichkeit. Jeder, der in die Fänge seines Correction Camps gelangte, musste auf die Minute genau um 9.00 Uhr morgens den Computer anschalten, Biorhythmus hin oder her. Und das Tagespensum, das erforderlich war, um den Schuljahresstoff zu schaffen, jeden Tag stur erledigen. Lisette hatte sich entschlossen, Hildchen solchen Torturen auf keinen Fall auszusetzen. Lieber zwei, drei Jahre länger brauchen – du liebe Güte, was zählten zwei, drei Jahre in einem Leben von hundert?

Lisette hatte ihr eigenes Wochenpensum, das sie als Verlagslektorin jeden Montag von ihrem Arbeitgeber per

---

[69] Das war Hildchens Nummer.

Mail für ihr Heimbüro erhielt, bereits heute, am Mittwoch, abgearbeitet. Die Schnelligkeit der Aufgabenerledigung, die hatte Hänschen nun mal von ihr. Lisette stellte den Staubsauger-Roboter an. Sie würde in ihrem Boudoir noch ein wenig chillen müssen.

Als um zwanzig nach elf Tommy immer noch nicht zu hören war, ging Lisette in sein Schlafzimmer. Er schnarchte.

Ob die Wecker, die man früher benutzt hatte, wirklich so schädlich gewesen waren? Bei Tommy jedenfalls hatte man den Eindruck, dass sich sein Biorhythmus ständig nach hinten verschob. Was zur Folge hatte, dass der Zeitkorridor, den sie beide miteinander und mit den Kindern gemeinsam verbringen konnten, immer schmaler wurde. Dass er sehr darunter leiden würde, diesen Eindruck hatte Lisette allerdings nicht. Eher, dass Tommy auf seinem Rhythmus herumritt, ihn für seine eigenen Interessen instrumentalisierte, um sein Home-Office dann zu nutzen, wenn andere Aufgaben angestanden hätten.[70]

Von Tommys Computerarbeitsplatz im Wohnzimmer her ertönte ein dreimaliger Pfeifton, schrill und durchdringend. Dann eine automatische Durchsage:

„Arbeitnehmer 24777[71], Sie haben die zulässige Kernzeit inklusive des akademischen Viertels in Ihrem Home-Office mittlerweile um fünf Minuten überschritten. Eine Anpassung dieser Kernzeit an einen sich möglicherweise verändert habenden Biorhythmus ist genehmigungspflichtig. Sollte sich eine solche Überschreitung noch zweimalig ereignen, sind Sie gehalten, mit der Zentrale in der Hauptstadt Kontakt aufzunehmen. Eine dreimalige unerlaubte und nicht genehmigte Überschreitung hat

---

[70] Ob ein Tom-Boy irgendwann eine Lösung sein würde? Lisettes Freundin war mit ihrem Ben-Boy jedenfalls sehr zufrieden.
[71] Das war Tommys Nummer.

eine Gehaltskürzung von dreißig Prozent zur Folge. Vielen Dank!"

Lisette tippte Tommy auf die Schulter. Als er nicht reagierte und stattdessen weiter schnarchte, rüttelte sie an seiner Schulter.

„Lass mich, Lisette. Los, zieh Leine!", murrte er.

Es blieb Lisette nichts anderes übrig, als in die wohltemperierte und-beschattete Wohnhalle zurückzugehen.

♣

Home, sweet home, die schöne neue Welt. Attraktiv und elegant, schützt vor Wind, Regen, Schnee, Ansteckung, Straßenkriminalität, bietet Wärme, Sonnenschutz. Hier isst, schläft und arbeitet man. Lisette, Tommy sowie ihre zwei Kinder atmen zwar Kohlendioxid aus, die Emissions-Dosis ist jedoch bei der gegebenen Personen-Anzahl mehr oder weniger vernachlässigbar. Sie leben fernab der Städte auf dem Land, gehen kaum aus dem Haus oder greifen, falls einmal tatsächlich nötig, vorwiegend auf öffentlichen Verkehr oder Sharing-Modelle zurück. Was die Kinder für ihre Zukunft wissen müssen, erwerben sie durch ihren programmgesteuerten Computer. Eine behütete, nahezu klimaneutrale häusliche Existenz.

♣

Lisette setzt sich in den bequemen Designer-Ledersessel am Fenster, mit einem Buch über Weihnachten aus dem Jahr 2015, das ihr Mama geschenkt hat und sie schon immer einmal hat lesen wollen.

Eine Kulturgeschichte von Weihnachten

„Das Fest der Liebe – so nennt man Weihnachten seit alters her. Doch statistisch gab und gibt es an keinem Abend, an keinen Tagen des Jahres mehr Polizeieinsätze wegen häuslicher Gewalt, ja selbst Mord und Totschlag als an Heiligabend oder den beiden Weihnachtstagen, wenn die ganze Familie versammelt ist."

Lisette liest sie, diese beiden ersten Sätze, sehr langsam, sehr aufmerksam. Dann erhebt sie sich und stampft hinauf zu Tommys Schlafzimmer.

Nun, irgendein Haar in der Suppe findet man ja immer!

Ja, das war

Schulze drückte die hölzerne Astgabel tiefer in die Erde. Elsa blieb sofort stehen, schnaufte. Schulze verstand ihren Unwillen. Die Arbeit auf dem Feld, in dem nassen schweren Boden, war für eine Kuh, die erst vor einigen Tagen gekalbt hatte und ihr Kälbchen völlig und eine Menschenfamilie teilweise ernähren musste, zu viel.

Er nahm die Peitsche und ließ sie auf Elsas Rücken klatschen. Einmal. Zweimal. Die Kuh brüllte, Schulze zitterte am ganzen Leibe. Gewalt war ihm zuwider, er empfand Elsas Schmerz wie seinen eigenen und verachtete sich, dass er ein unschuldiges Tier, dazu noch ein so treues, geschlagen hatte. Aber ihm blieb keine Wahl.

Elsa gehorchte, zog an, Schulze folgte dem Tier, riss mit ihm den fruchtbaren Boden auf, der das Saatgut fürs nächste Jahr aufnehmen sollte.

„Sei nachsichtig, mein Schatz, für mich ist diese ganze Plackerei genauso anstrengend. Ich könnte mir auch etwas Besseres vorstellen, glaub mir!"

Schulze blickte sich nach allen Seiten um. Natürlich sollte niemand mitbekommen, dass er ständig mit Elsa sprach. Aber weit und breit war niemand zu sehen. Der Eindruck, die Erde sei fast menschenleer, hatte ihn schon oft überkommen. Wahrscheinlich hing das mit Großvaters Bemerkungen über die Vergangenheit zusammen. Ob die früheren Zustände Traum oder Alptraum gewesen waren – Schulze war in seiner Meinung noch unentschieden.

„Alles war dichtbesiedelt, mein Junge. Die Menschen flogen mit Flugzeugen in der Luft, es gab Autos, mit denen man von Ort zu Ort, von einer großen Stadt zur anderen fahren konnte. Oma hatte, genau wie ich, ein eigenes Automobil und benutzte es zum Einkaufen im Supermarkt, wo man alles bekommen konnte. Apfelsinen aus Marokko, Bananen aus Südamerika, Heidelbeeren aus Chile, und das alles im Winter. Ja, das war."

Meistens verstummte Opa nach diesen drei Worten, sie markierten das Ende seiner stets kurzen Berichte. Er lächelte dabei, aber Schulze vermutete, dass er traurig war.

Vor dem Wenden in die letzte Ackerfurche verweigerte Elsa wieder die Arbeit. Weder „Ho, ho!" noch ein weiterer Peitschenhieb konnten sie bewegen. Ihre Flanken waren schweißnass. Schulze ahnte, dass bei weiterer Anstrengung ihre Milch versiegen werde.

„Komm, Elsa, lassen wir's gut sein. Es tut mir leid, wie ich dich behandle, aber mir steht das Wasser bis zum Hals, verstehst du?"

Elsa blickte ihren Herrn aus traurigen Kuhaugen an. Sie muhte leise, als Schulze das Zaumzeug abnahm, sie mit einem Lappen trockenrieb und sich anschließend mit ihr auf den Weg, den Biegungen des Flusses folgend, nachhause machte.

Via Adrina stand auf dem verblichenen Schild, das irgendwer vor Zeiten an den uralten Baum genagelt haben musste, der seinen Kopf schon zur Seite geneigt hatte. An einer seichten Stelle ließ Schulze Elsa trinken und füllte selbst seinen großen Lederbeutel mit dem klaren Wasser. Der Ledersack war ein gegerbtes Überbleibsel von Elsas Mutter. Gottseidank war ihre Tochter eine dumme Kuh und wusste nichts darüber. Schulze grinste. Im glitzernden Fluss sprangen, jetzt gegen Abend, die Fische. Schulze nahm einige flache Steine vom Ufer und ließ sie über die Oberfläche tanzen. Dann setzte er mit Elsa seinen Weg fort, vorbei an stillen Waldrändern, in denen man das Rauschen des Windes vernahm.

♣

Die Tür quietschte, als Schulze das Aststück aus der Seilschlaufe entfernte, die die Tür verschloss. Elsa hatte er angebunden, er würde sie nachher zu ihrem Verschlag bringen. Das Kälbchen hatte leise zu blöken begonnen, sicher hatte es nach der langen Abwesenheit der Mutter Hunger. Von Großvater war nichts zu hören und zu sehen.

Wie still es jetzt immer war. Wie hatte er sich auf das Kindergeschrei gefreut, im letzten Winter. Als bei Hella die Wehen vorzeitig einsetzten, war draußen alles tiefverschneit gewesen. Die Schusterin, die den Frauen des Weilers stets bei der Niederkunft half, die würde nie und nimmer pünktlich kommen können, auch wenn Schulze Siebenmeilenstiefel gehabt hätte. Sie mussten Hella selbst entbinden, das war dem Großvater und ihm sofort klar gewesen. Sie hatten Wasser auf der Feuerstelle erhitzt, saubere Tücher gab es noch. Und wenn Schulze jedes zweite Jahr ein Kälbchen holte, konnte es doch nicht so schwer oder unmöglich sein, ein Menschenkind auf die Welt zu bringen.

Aber sie hatten versagt. Jeden Abend, bevor er einschlief, hörte er Hellas Schreie, ihr Wimmern und Stöhnen, bevor sie gestorben war. Sein Kind hatte er nicht aus seinem Gefängnis befreien können. Der Großvater hatte vom Kaiserschnitt erzählt, beherrschte ihn aber nicht. „Ich war Politiker, kein Arzt", hatte er gesagt und sich verstohlen die Tränen weggewischt. Das Kind blieb verborgen im Leib seiner Mutter und wurde mit ihr neben dem Haselnussstrauch begraben. Wo der Großvater nur blieb? Er musste irgendwo draußen sein.

♣

Schulzes Behausung bestand aus einem ebenerdigen Raum mit zwei Schlafstellen. Die Einfachheit der hölzernen Bettgestelle stand im Gegensatz zur Wäsche, die darauf ausgebreitet war. Mako-Satin, hatte der Großvater gesagt. Die Kissen und die Bettwäsche gehörten zu den wenigen Sachen, die der Großvater hatte hinüberretten können.

„Klaus, holen Sie das Auto und fahren Sie mich ins Krankenhaus. Aber rufen Sie vorher an, dass der Defibrillator für mich bereit steht. Beeilen Sie sich, Mann!"

Das war die Stimme von Großvater. Er musste irgendwo im Garten sein. Schulze eilte hinaus. Schulze Senior lag auf dem Gartenbeet, flach hingestreckt auf dem Rücken. Er schien verwirrt, seine Augen waren verdreht. Schulze hob seinen Kopf an, schüttelte den Großvater und gab ihm rechts und links eine Ohrfeige.

„Komm, Großvater, wach auf, nicht schlappmachen, hörst du. Hörst du mich? Na los, sag etwas!"

Es dauerte noch eine ganze Weile, bis der Großvater zu sich kam und Schulze wieder gerade anblickte.

„War ich ohnmächtig?", fragte er und versuchte sich aufzurichten.

Schulze fasste den Großvater unter den Armen und zog ihn hoch.

„Du hast gesprochen, aber die Augen ziemlich verdreht. So zwischen Schlafen und Wachen, schätze ich. Komm ins Haus, du musst trinken."

Er setzte den alten Mann auf sein Bett, holte den Lederbeutel. Gierig trank der Alte.

„Du warst mit deinen Gedanken in der Vergangenheit, Großvater. Bei einem Klaus, einem Auto. Du hast etwas von Krankenhaus und Defibrillator gesagt. Es klang wie ein Befehl."

„Lass mich einen Moment ausruhen, mein Junge. Ich glaube, es ist Zeit, dass ich dir ein bisschen mehr erzähle."

♣

„Wie viele Jahre das alles her ist, das weiß ich nicht genau. Ich weiß nicht einmal, wie alt ich bin. Aber bestimmt über neunzig. Hier lebt man nach Helligkeit und Dunkel, nach dem Rhythmus von Tag und Nacht, nach Wärme und Kälte, Sommer und Winter. Man zählt nicht, nichts ist getaktet, ganz anders als früher."

Der Großvater hatte sich auf seinem Bett aufgesetzt. Er erhob sich und ging mit auf dem Rücken gefalteten Händen in der Stube umher.

„Warum hast du dich immer so zurückgehalten, wenn ich dich nach der Vergangenheit gefragt habe? So, als wären dir meine Fragen unangenehm. Und wieso hast du dich jetzt anders entschieden?", wollte Schulze wissen.

„Glück und Unglück, die sind immer relativ, nicht wahr? Deshalb. Und in der letzten Zeit falle ich dauernd um, wenn du draußen auf dem Feld oder im Wald bist. Früher hätte man das behandeln können, es gab Ärzte,

Krankenhäuser, Medizin. Aber jetzt. Nun, der Tod wird mich bald erwischen. Und dann solltest du von hier weggehen."

„Wieso, wohin denn? Hier habe ich ein Dach über dem Kopf und zu essen habe ich auch genug."

Der Großvater lächelte und schüttelte den Kopf. Er setzte sich auf den Hocker am Tisch.

„Diese Genügsamkeit, dieses Zufriedensein mit wenig, siehst du. Eigentlich eine vorbildliche Einstellung. Wir hatten alles, Überfluss an allem, kannten keinen Mangel. Wir hatten uns eine wunderbare künstliche Welt geschaffen. Aber irgendwie und irgendwann entstand Angst, die Überzeugung, dass die Natur, unsere Mutter, zurückschlagen werde, dass wir uns durch unsere Verschwendung die Lebensgrundlagen entziehen. Wasser, Luft, Erde. Die jungen Leute fingen an, nichts mehr zu kaufen. Jeder wollte beweisen, dass man in zwei Kisten genug fürs Leben hat. Wir Älteren wollten auch nicht nachstehen, wir schämten uns.

Innerhalb weniger Jahrzehnte hatte sich das gesellschaftliche Klima total verändert. Alle überboten sich in Verzicht und Askese. Nachhaltig wollten alle leben, keinen umweltschädlichen Fußabdruck auf der Erde hinterlassen. Oma benutzte ihren Waschtrockner nicht mehr.

,Ich kann das viele Wasser, das er verbraucht, nicht mehr verantworten. Und die Waschmittel verschmutzen die Flüsse, Seen und das Meer', sagte sie.

„Aber der Weg rückwärts in den Urzustand, zurück zur Natur, ist eigentlich nur theoretisch erstrebenswert, meinst du nicht?"

Großvater schwieg einen Moment. Dann fügte er hinzu:

„Nicht für uns Menschen – aber für die Tiere, von den kleinsten bis zu den größten, das allerdings."

Großvater setzte sich wieder auf sein Bett, stützte seinen Kopf in die Hände und gähnte. Er hatte die Augen geschlossen. Schulze kannte diese Verfassung. Oft war der Großvater danach für Stunden nicht mehr ansprechbar. Er ging hinaus, um nach Elsa und dem Kälbchen zu sehen.

♣

Es hatte die ganze Nacht geschneit. Ungewöhnlich für Mitte April. Vor dem Eingang lag hoher Schnee, mindestens ein halber Meter musste es sein. An Feldarbeit war nicht zu denken und im Wald Holz schlagen würde auch nicht möglich sein. Äste konnten leicht unter der Schneelast brechen und jeden Mann darunter erschlagen. Großvaters Zustand war beunruhigend. Nachts konnte er nicht schlafen und geisterte in der Stube umher. Über Tag war er dann müde und meistens abwesend. Wie verlassen würde es ohne ihn hier sein!

„Hat es geschneit?", fragte der alte Mann. Er erhob sich mühsam von seinem Bett und setzte sich an den Tisch.

„Mindestens einen halben Meter. Man kommt kaum aus der Tür."

„Dann bleibst du ja heute hier, nicht wahr? Und wir können reden."

Schulze setzte sich dem Großvater gegenüber. Die Zeit, in der sie noch miteinander sprechen konnten, war knapp geworden. Er blickte ihn an, schwieg, damit sein Gegenüber Gelegenheit hatte, das Gespräch zu beginnen.

„Ich weiß genau, worüber wir uns als Letztes unterhalten haben, mein Junge. Das ist merkwürdig, nicht?"

Schulze nickte.

„Bitte, du musst gehen, auch wenn alles, was ich dir noch erzählen kann, nur Bruchstücke sind. Schau mal, wie dunkel es hier in der Stube ist. Und dabei ist es Tag. Wir hatten Elektrizität. Die machte die Nacht hell, fast so hell wie den Tag." Großvater ging zu seinem Bett, griff unter sein Kopfkissen und holte etwas hervor.

„Schau mal, das nennt man Fotos."

Er breitete künstliche, etwas verblichene Bilder vor Schulze aus.

„Das da", er tippte auf das erste, „das war damals die Hauptstadt in unserem Land. Berlin. Und dies war ein Blick darauf, bei Nacht. Ja, es war schön, glaub mir. Aber die Lichter sind dann ausgegangen. Und Läden, Kaufhäuser und Fabriken, die gab's irgendwann auch nicht mehr. Wir hatten ja auch nichts mehr kaufen wollen. Arbeitslose, verlassene Städte. Erst nur Rezession, dann ist alles umgekippt."

Großvater schwieg einen Moment.

„Schau mal dort drüben."

Der alte Mann zeigte auf ein kleines, rechteckiges Ding auf der rechten Seite des Raumes.

„Das war unser Gott. Ein Computer. Wir waren mit der ganzen Welt verbunden. Wir wussten, was in anderen Regionen der Erde vor sich ging, ich hatte Freunde in Übersee, in Asien, auf der ganzen Welt. Und die habe ich besucht, bin über das Meer geflogen, habe ferne Kontinente kennengelernt. Als Angreifer dann noch mit ihren Computerviren in unsere Rechner-Welt eingedrungen sind, haben sie alles lahmgelegt. Medien, Regierung, Internet, Energie, einfach alles. Die Folgen kann man hier und an uns sehen. Ja, das war."

Großvater verstummte, schob die Fotos zusammen, lächelte, aber Schulze wusste, dass er verzweifelt war.

„Wenn alles kaputt ist, wo sollte ich dann hin gehen?"

„Es muss die schöne alte Welt noch irgendwo geben, Junge. Brich mit Elsa und dem Kälbchen auf, wenn der Schnee getaut ist, dann habt ihr bis zum nächsten Winter Zeit. Sie wird schon nicht ganz untergegangen sein, unsere Zivilisation. Hier hält dich doch seit Hellas Tod nichts wirklich mehr."

♣

Schulze drückt die hölzerne
Astgabel tiefer in die Erde.
Kläre bleibt sofort stehen, schnauft.
Schulze versteht ihren Unwillen.
Die Arbeit auf dem Feld,
in dem nassen schweren Boden,
ist für eine Kuh,
die erst vor einigen Tagen
gekalbt hat
und ihr Kälbchen völlig
und einen Mann teilweise
ernähren muss, zu viel.
Er nimmt die Peitsche
und lässt sie
auf Kläres Rücken klatschen.
Einmal. Zweimal.
Die Kuh muht,
Schulze zittert
am ganzen Leibe.
Gewalt ist ihm zuwider,
er empfindet Kläres Schmerz
wie seinen eigenen
und verachtet sich,
dass er ein unschuldiges Tier,
dazu noch ein so treues,
geschlagen hat.

Aber er hat keine Wahl.

Kurz gefasst

Der Glaube an mehrere oder **ein** höchstes Wesen ist alt, früheste Wurzeln reichen in die Anfänge der Menschheit zurück. Religionskritik, Religionsskeptizismus sowie Atheismus sind relativ jung. Ludwig Feuerbachs These aus dem neunzehnten Jahrhundert, nicht Gott habe die Menschen nach seinem Bilde, sondern umgekehrt die Menschen hätten Gott nach ihren Wünschen und Projektionen gestaltet, war deshalb immer noch revolutionär, obwohl einige Denker vor ihm für ähnliche Aussagen schon mit ihrem Leben oder zumindest ihrer Reputation hatten zahlen müssen. Die Vorstellung eines ewigen (seligen) Lebens nach dem Tode – ein Glaube, der in unterschiedlichen Religionsgemeinschaften verbreitet ist – war unbestritten nützlich; er lenkte vom irdischen Jammertal ab, mit der Verheißung einer jenseitigen Gerechtigkeit.

„Die Religion ist das Opium des Volkes", formulierte Karl Marx.

Die westliche Welt, die man früher das christliche Abendland nannte, mit ihren Vorstellungen von Freiheit und Gerechtigkeit, von Menschen- und Bürgerrechten ist allerdings ohne die Ethik des Christentums mit ihrem Gebot von Nächstenliebe nicht vorstellbar.

♣

Modern Times, so heißt der Film mit Charlie Chaplin aus dem Jahr 1936, der die Entfremdung des Menschen durch moderne Arbeitsmethoden und Fließbandarbeit, die Seelenlosigkeit und Unfreiheit einer industrialisierten Welt zum Thema hat. Die Kritik unserer technisierten Welt ist also schon recht alt.

Ein Kilo geschnittenes Brot kostet bei dem bekanntesten deutschen Discounter etwas mehr als einen Euro.

Noch 1789 ist der hohe Brotpreis der Funke, der die Französische Revolution auslöst. Nichts zeigt besser, welche Vorteile für den allgemeinen Lebensstandard die Technisierung und Industrialisierung aller Lebensbereiche gebracht hat. Hunger, die Geißel vergangener bzw. noch heute existierender vorwiegend agrarischer Gesellschaften, ist in unserer hochtechnisierten Welt ausgestorben. Unzweifelhaft eine ungeheure Errungenschaft! Chance und Risiko – dieses Grundprinzip betrifft auch die technologische und industrielle Entwicklung. Atomkraft, vor einigen Jahrzehnten noch als Lösung aller Energieprobleme gepriesen – bis zum Reaktorunfall in Tschernobyl. Atomwaffen als Garanten des Friedens durch ein Gleichgewicht des Schreckens – ein wohl eher todbringendes Spiel mit dem Feuer. Zurück zur Natur? Das ist vermutlich ein Schein-Szenario für Gesellschaften, deren Bedürfnisse bereits sattsam erfüllt sind. Über Bedürfnislosigkeit lässt sich's nun einmal am besten mit vollem Bauch diskutieren.

Die Schattenseiten hochtechnisierter und industrialisierter Zivilisation sind wohl nur mit Hilfe eben jener hochtechnisierten und industrialisierten Verfahren zu bewältigen.

4

Klimageschichten

**Ganz generell lehrt uns die Klimageschichte,
dass das Klima immer dynamisch war,
mal mehr, mal weniger.**

H. Kehl
TU Berlin

**Den Klimawandel zu leugnen
ist kriminell.**

Yvo de Boer
Exekutivsekretär der Vereinten Nationen

Ruina mundi[72] [73]

Die Lichter und Fenster
Am Gewölb des Himmels
Werden oft dunkel
Und der Welt
Zu ihrer Büberei
Nicht mehr scheinen und leuchten
Und sehnen sich mit uns
Nach unser(er)
Erlösung.

Und wie in einem alten Haus
Die Fenster dunkel werden
Und an einem
Verlebten Körper
Das Gesicht abnimmt
Also geht's jetzt
Mit der alten
Und kalten Welt
auch.

---

[72] Lateinisch, „Zusammenbruch der Welt"; gegen Ausgang des 16. Jahrhunderts der immer wieder artikulierte Eindruck, die Welt sei – durch den Beginn der Kleinen Eiszeit (1570 – 1700) – aus den Fugen geraten. Man deutete den Klimawandel als Strafe Gottes für den lasterhaften Lebenswandel der Menschen. Siehe Blom, P., Die Welt aus den Angeln. Eine Geschichte der Kleinen Eiszeit, Carl Hanser Verlag München 2017, S. 61.

[73] Der folgende Text stammt von dem Chronisten Daniel Schaller, Pastor aus Preußen, der die Wetterereignisse und ihre Folgen gegen Ende des 16. Jahrhunderts aufgezeichnet hat; zitiert nach Blom, P., a.a.O., S. 34.; Rhythmisierung und Layout vom Verfasser.

Sie (.)nimmt
Zusehends ab
Die Sonn, Mond
Und andere Sterne
Leuchten, scheinen
Und wirken
Nicht mehr so kräftig
Als wie
Zuvor.

Es ist mehr kein rechter
Beständiger Sonnenschein
Kein steter Winter
Und Sommer.
Die Früchte und Gewächs auf Erden
Werden nicht mehr so reif
Sind nicht mehr so gesund
Als sie wohl ehezeit
Gewesen.

Sonne[74]

21. Juni 2008
Habe ihn heute vorgestellt. Dass ich mir einen Historiker geangelt hab', hat Mama und Papa ein bisschen stolz gemacht. Olivier hat über sein Fachgebiet berichtet, die Azteken und ihren blutrünstigen Sonnenkult. Die beiden konnten gar nicht genug fragen, so interessant fanden sie alles.

Fünfzehn Jahre später
9. Juli 2023
Fünfzehn Jahre habe ich nichts ins Tagebuch geschrieben. Ich hatte meinen vertrauten Freund fast vergessen. An Mamas Gesicht kann ich mich noch erinnern. Und an Papas Hände mit den wohlgeformten Fingern. Drei Jahre schon, wie vermisse ich sie beide!

17. Juli
Diese schreckliche Dunkelheit! Ich habe alle Lampen im Arbeitszimmer angemacht, und es ist elf Uhr morgens. Im Moment ist keine Stromsperre.

23. Juli
Die Azteken haben vor den Menschenopfern berauschende Pilze gegessen. Hier gibt es jetzt durch den Klimawandel ähnliche Pilze. Zwei von Oliviers Kollegen im Institut wollen im Selbstversuch die Wirkung testen. Die Hippies damals, die sind davon auch krank geworden. Olivier wäre nicht so dumm, da bin ich sicher. Am Wochenende wollen wir spazieren gehen, egal, wie es draußen aussieht.

---

[74] Geringfügig veränderter Abdruck von „Le Soleil" aus Luise Link, Erzähl Dir ZeitGeschichten 2019, S. 289ff.

26. Juli
Wir sind doch nicht spazieren gegangen. Der Regen hat im Garten hinter dem Haus einen Erdrutsch verursacht, da mussten wir das ganze Wochenende Schlamm beseiteschaffen. Olivier hat versucht, den Hang mit der Schaufel etwas zu verfestigen, aber der Berg fängt schon wieder an zu rutschen. In drei Wochen soll es weniger regnen und auch die Sonne durchkommen. Im Supermarkt hat es heute kein Obst mehr gegeben. Der Biologe aus dem Nachbarhaus, sagt, dass es an den Bienen liegt. Die sterben wegen der Kälte aus und bestäuben nichts mehr. In letzter Zeit redet Olivier wenig, und aggressiv ist er manchmal.

29. Juli
Der Pfarrer aus der Wilhelmsgemeinde hat keine Angst wegen der Sonne. „Ich vertraue auf meinen Gott", hat er gesagt. Frau Martin aus der Sparkasse hat mir erzählt, dass Bekannte von ihr jeden Sonntag rausfahren und an irgend so einem Berghang mit anderen Leuten zur Sonne beten. „Das wird's bringen", hab' ich zu ihr gesagt, und wir haben gelacht.

31. Juli
Olivier kommt immer schlecht gelaunt nachhause, hat keinen Hunger und vergräbt sich mit seinen Büchern im Arbeitszimmer.

2. August
Man kann kein Heizöl mehr kaufen. Das Haus ist kalt, obwohl es eigentlich Hochsommer ist.

4. August
Ich habe in Oliviers Büchern gelesen, die markierten Stellen. Wie sie den Opfern das Herz herausgeschnitten ha-

ben, und die Priester haben sich mit dem Blut beschmiert und sogar von den Opfern gegessen!

7. August
Tina ist depressiv. Wir haben lange telefoniert. Es ist so kalt, so düster, und der Regen.

10. August
In Kürze soll sich die Wetterlage bessern. Frau Martin hat mich eingeladen, mit ihren Bekannten am Sonntag rauszufahren. „Die Sonne kommt durch, wenn genug Leute an diesem Berghang beten", hat sie gesagt. Ich konnte nicht mehr lachen.

12. August
Der Hang hinter dem Haus ist abgerutscht. Vor den Fenstern türmt sich der Schlamm. Olivier kommt abends immer später nachhause und schläft kaum noch.

13. August
Olivier starrt mich oft mit seinen dunklen Augen an. Ich bin traurig.

14. August
Ich hab' den Biologen im Supermarkt getroffen. Er hat so heimlich getan, immer wieder nach allen Seiten geschaut, als er mir von dem Mädchen erzählt hat. „Sie haben sie tot an einem Berghang gefunden, der Brustkorb war aufgeschnitten. Da waren bestimmt Drogen im Spiel. Die Dunkelheit, die macht die Menschen verrückt", hat er gesagt.

15. August
Olivier ist heute nicht ins Institut gegangen. Er hat sich in seinem Arbeitszimmer eingeschlossen. Ich habe Angst.

♣

Zwanzig Jahre später
Am **24. Januar 2043** findet ein Vermessungsteam aus der neugegründeten Hauptstadt im Planquadrat A ein Skelett, vermutlich weiblich, in Rückenlage.

Sechs Brustrippen sind gebrochen.

Die unteren vier weisen Zeichen äußerer Gewalteinwirkung auf. Sie sind auseinandergebogen.

Neben den Knochen liegt ein in Leder gebundenes Tagebuch.

Katastrophe auf Raten

Aus
Spiegel 33
1974
Die Auszüge des nachstehenden Textes stammen aus
einem Spiegel-Artikel über *globale Abkühlung (global coo-
ling)*. Diese beherrschte die Klimadiskussion der 70er
Jahre, als Reaktion für die sich seit 1945 weltweit abküh-
lenden Temperaturen. Man fürchtete den Beginn einer
neuen Eiszeit.
Auslassungen sind durch [...] gekennzeichnet; Lay-
out- und Interpunktions-Veränderungen sowie Anpassung an neue Rechtschreibung erfolgten durch den Verfasser. Der Artikel ist in voller Länge im Netz aufrufbar.

♣

„Kommt eine neue Eiszeit?
Nicht gleich, aber der verregnete Sommer in Nordeu-
ropa, so befürchten die Klimaforscher, war nur ein Teil
eines weltweiten Wetterumschwungs – ein Vorge-
schmack auf kühlere und nassere Zeiten. [...]
Spätestens seit 1960 wächst bei den Meteorologen
und Klimaforschern die Überzeugung, dass etwas faul ist
im umfassenden System des Weltwetters: Das irdische
Klima, glauben sie, sei im Begriff umzuschlagen – Symp-
tome dafür entdeckten die Experten nicht nur in Europa,
sondern inzwischen in fast allen Weltregionen.
Am Anfang standen Messdaten über eine fortschrei-
tende Abkühlung des Nordatlantiks. [...]
Zugleich wuchs auf der nördlichen Halbkugel die mit
Gletschern und Packeis bedeckte Fläche um rund zwölf
Prozent, am Polarkreis wurden die kältesten Wintertem-
peraturen seit 200 Jahren gemessen. In den letzten Jahren

(gab es sich) häufende(.) Meldungen über Naturkatastrophen und extreme Wetteränderungen in aller Welt …

[…]

Außer (…) spektakulären Sprüngen im irdischen Normal-Klima entdeckten die Meteorologen auch noch eine Reihe eher subtiler Vorzeichen für eine drohende globale Wetterwende. […]

Nach Studium des beunruhigenden Datenmosaiks halten es viele Klimaforscher für wahrscheinlich, dass der Erde eine neue Großwetter-Ära bevorsteht, dass der Trend, der den Erdbewohnern in der ersten Hälfte des 20. Jahrhunderts die – klimatisch – besten Jahre seit langem bescherte, sich nun umkehrt.

In der Zeit zwischen 1890 und 1945 hatten die Wissenschaftler eine allgemeine Erwärmung des Erdklimas registriert. Die globale jährliche Durchschnittstemperatur stieg in diesem Zeitraum um etwa 0,7 Grad – in Polnähe wurde es sogar um mehrere Celsiusgrade wärmer.

Dieser scheinbar nur geringfügige Temperaturzuwachs reichte aus, um die Eisfelder, die etwa sechs Prozent der Erdoberfläche zudecken, merklich zu verkleinern: […]

Mitte der vierziger Jahre (des 20.Jahrhunderts; d. Verf.), mit der Atombombe (doch sicher nicht wegen ihr) kehrte sich die Entwicklung um. Und je deutlicher sich in der Folgezeit eine Großwetter-Wende abzeichnete, desto häufiger tauchte in den Fachblättern der Meteorologen die Frage auf, ob nicht womöglich in naher Zukunft eine neue Eiszeit heraufziehe.

Anlass zu derart beklemmenden Mutmaßungen gaben nicht so sehr die Prognosen aus der meteorologischen Alltagspraxis […].

Was die Temperaturwerte und Niederschlagsangaben der Wetterwächter vielmehr in düsterem Licht erscheinen ließ, waren vor allem die Forschungsergebnisse

jener Wissenschaftler, die den Gang der irdischen Klimageschichte ergründeten.

Sie haben in den letzten Jahrzehnten mit Hilfe wis-
senschaftlicher Detektiv-Methoden das Auf und Ab im
Weltklima der Vergangenheit rekonstruiert.

[...]

Eine anhaltende Schönwetter-Ära vergleichbar der
ersten Hälfte des zwanzigsten Jahrhunderts, gab es nach
Ansicht der Klimaforscher etwa in den Jahren 1080 bis
1200 nach der Zeitrechnung. Damals florierte überall in
England der Weinbau. Und auf Grönland (Grünland),
wo die Wikinger Kolonien unterhielten, gedieh um das
Jahr 800 eine üppige Vegetation.

Danach freilich rückte das Eis wieder südwärts...

[...]

Wodurch (.) die kleinen und großen Wechselfälle im
Erdklima herbeigeführt werden, können die Forscher
bislang nur vermuten, und ihre Mutmaßungen sind oft
widersprüchlich. So gibt es allein rund fünfzig verschiedene Hypothesen und Theorien, die das periodische Entstehen der Eiszeiten erklären sollen.

Einig sind sich die Wissenschaftler immerhin über einige Faktoren, die das komplexe Klimageschehen bestimmen, wie etwa

- die Schwankungen der Sonnenaktivität,
- Unregelmäßigkeiten in der Umlaufbahn des Planeten Erde um die Sonne, Schlingerbewegungen
  der Erdachse,
- Strahlenschauer aus den Tiefen des Universums
  und [...]
- Veränderungen im irdischen Magnetfeld, die
  dann wieder auf den doppelten Strahlungsgürtel
  der Erde, den sogenannten Van-Allen-Belt, rück-
  wirken [...].

In zunehmendem Maße kann freilich die künftige Klimaentwicklung auch durch Umwelteinflüsse bestimmt werden, für die der Mensch verantwortlich ist: etwa

- durch Kohlendioxid-Gas, wie es bei der Verbrennung von Kohle oder Erdöl entsteht[…]
- durch die Staub- und Abwärmeproduktion in den industriellen Ballungsgebieten.

[…]
Wie dabei die höchst störanfällige Klimaanlage der Erde […] reagiert, ist bis heute nur in groben Umrissen bekannt. Im Detail lässt sich das komplizierte Regelkreis-System der kalten und warmen Windströme, der Meeresströmungen und der wandernden Hoch- und Tiefdruckzonen noch nicht überblicken. […]
Halte die gegenwärtige Klimaverschlechterung an, so warnt (.) der US-Wissenschaftler Reid Bryson, Direktor des Instituts für Umweltstudien an der Universität von Wisconsin, so werde sie demnächst womöglich ‚die ganze Menschheit in Mitleidenschaft ziehen' – ‚eine Milliarde Menschen würde verhungern'. […]
Manche Klimabeobachter sehen gar eine erdumspannende Naturkatastrophe heraufziehen, ein Weltuntergangs-Inferno […], wie es in den Mythen nahezu aller Völker beschrieben wird. […]
(Die) Beispiele illustrieren die Schwierigkeiten der Wetterforscher bei ihren Versuchen, sich gleichsam ein Modell der atmosphärischen Vorgänge zu bauen, das – etwa in Computer-Simulation – denselben Gesetzen folgen würde wie das wirkliche Wetter. Ein derartiges Modell, so erläuterten die beiden US-Klimatologen William W. Kellogg und Stephan H. Schneider, müsse alle „klimatischen Feedback-Mechanismen" des Weltwettersystems enthalten – ein bislang noch völlig unüberschaubares Gewirr von Rückkopplungsschleifen und Wechselwirkungen. […]"

Kurz gefasst

Manche erinnern sich vielleicht noch an die Grundschulgeschichte vom Dorfschulzen, der das Wetter ändern wollte und dabei den Wind vergessen hatte. Die Botschaft für uns Kinder lautete: So, wie der liebe Gott das Wetter vorgesehen hat, so ist es gut. Der Mensch hat dabei nichts mitzureden und mitzutun.

Die gegenwärtige Diskussion über den Klimawandel aber ist geprägt von dem Anteil, den der Mensch daran hat oder haben soll: der anthropogene, hausgemachte Klimawandel. Denen, die diese Ursache, deren Bedeutung oder die Validität der benutzten Modellrechnungen und Klima-Hypothesen bezweifeln, wirft man vor, sie leugneten oder glaubten nicht an den Klimawandel.

Die „Klimaleugner/Klimaskeptiker" werfen den Vertretern der Kohlendioxid-Hypothese und der globalen Erwärmung durch den Treibhauseffekt Panikmache vor, bezeichnen sie als Weltuntergangspropheten. Die Auseinandersetzung ist heftig und bis in die tiefste Provinz allgegenwärtig.

Warum wird die Debatte nicht rein sachlich, sondern konfrontativ und unversöhnlich geführt? Es liegt wohl an den Handlungsoptionen, die sich aus den unterschiedlichen Standpunkten ergeben. Wer solare Einflüsse für entscheidend hält, wird den Klimawandel als im Zeitablauf immer wieder gegeben ansehen und empfehlen, sich auf die Schwankungen so gut wie möglich einzustellen. Wer den Klimawandel für menschengemacht hält, muss jetzt und sofort handeln; die Menschheit würde schuldig, weil sie sich selbst abschafft.[75]

---

[75] Lesch, H./ Kamphausen, K., Die Menschheit schafft sich ab. Die Erde im Griff des Anthropozän, Knaur Taschenbuch 2018

Dass Klima und Geschichte zusammenhängen (können) – diese Erkenntnis ist noch jung. Verlässliche wissenschaftliche Daten, Proxys genannt, existieren erst seit der Mitte des neunzehnten Jahrhunderts: Baumringe, Eisbohrkerne, Pollen, Isotopenanalysen. Geologische Klimazeugen wie Grundmoränen oder Gletscherschliffe fanden schon früher Beachtung.

Die *Historische Klimatologie* untersucht die Entwicklung, Schwankungen und Auswirkungen des irdischen Klimas in Epochen der jüngeren Vergangenheit, die *Paläoklimatologie* in geologischen Zeiträumen.

Grundprinzip des Klimas ist der Klimawandel, der Wechsel von Warmzeiten zu Zeiten mit Vereisung (Eiszeiten). Auch innerhalb dieser Großabschnitte ist das Klima nicht homogen, sondern häufiger Veränderung unterworfen.

Bis dato besonders gut untersucht sind die Zusammenhänge zwischen Klima und kultureller Entwicklung in Europa und bis zurück zum mittelalterlichen Wärmeoptimum. Was weiter zurückliegende Epochen und andere Kontinente betrifft, hat die Forschung begonnen.

Literatur

Behringer, W., Kulturgeschichte des Klimas. Von der Eiszeit bis zur globalen Erwärmung, 7. Aufl., dtv München 2019

Blom, P., Die Welt aus den Angeln. Eine Geschichte der Kleinen Eiszeit von 1570 bis 1700 sowie der Entstehung der modernen Welt, verbunden mit einigen Überlegungen zum Klima der Gegenwart, Carl Hanser Verlag München 2017

Gerstengarbe, F.-W./Welzer, H. (Hrsg.), Zwei Grad mehr in Deutschland. Wie der Klimawandel unseren Alltag verändern wird. Das Szenario 2040, Fischer Taschenbuch Frankfurt am Main 2013

Lesch, H./ Kamphausen, K., Die Menschheit schafft sich ab. Die Erde im Griff des Anthropozän, Knaur Taschenbuch München 2018

Von Storch, H./Krauß, W., Die Klimafalle. Die gefährliche Nähe von Politik und Klimaforschung, Hanser München 2013

Sie machen wohl Witze

Wenn Sie mit den Füßen im kalten Eiswasser stehen und mit dem nackten Hintern auf einer heißen Herdplatte sitzen, dann haben Sie im statistischen Durchschnitt eine angenehme Körpertemperatur.
Peter Paterna (deutscher Politiker)[76]

Wenn alle Experten sich einig sind, ist Vorsicht geboten.
Bertrand Russel (englischer Philosoph und Mathematiker)[77]

Die Zehn Gebote Gottes sind deshalb so klar, weil sie ohne Mitwirkung einer Sachverständigenkommission zustande gekommen sind.
Charles de Gaulle[78]

Ein Experte ist ein Mann, der hinterher genau sagen kann, warum seine Prognose nicht gestimmt hat.
Winston Churchill[79]

---

[76] Schwarzer Humor, a.a.O., S. 158.
[77] Ebda., S. 159.
[78] Ebda., S.161.
[79] Ebda., S. 161

5

Strategien und Strategen

Die Tragik des 20.Jahrhunderts
liegt darin,
dass es nicht möglich war,
die Theorien von Karl Marx
zuerst an Mäusen
auszuprobieren.[80]

Stanislaw Lem
Polnischer Schriftsteller

---

[80] Zitiert nach Spiegel 44/1995, S. 152, aufgenommen in Wikiquote. 5.01.2020; 18.32 Uhr.

Wiedergänger

„Schätzchen."

Ganz allein stand dieses Wort seit zwei, drei Minuten im Raum. Es sollte Bedeutung entfalten, sich einprägen, demütigen, vor der Zukunft warnen. Was Schneider aussagen, nicht nur andeuten, sondern ein für alle Mal festhalten wollte.

Er saß mir gegenüber in seinem dunkelbraunen aufwendig gepolsterten Bürodrehstuhl. Er wippte, stieß sich sachte mit den Füßen ab, so dass er sich ein wenig bewegte; hin- und her, nach rechts, nach links, nach hinten und nach vorne.

Warum musste ich immer und überall in Bildern, in Metaphern denken? Ich war nicht aufgerufen, demnächst ein Buch über Schneider zu schreiben, ich war zum Rapport hierher zitiert worden. Vermutlich, dass man mir den Kopf zurechtsetzen oder mich hinauswerfen konnte.

„Ihnen sagt also Ihre Aufgabe nicht mehr zu. Soll ich Ihr Schreiben so verstehen?"

„Ja, und deshalb möchte ich Veränderungsvorschläge machen."

Schneider lachte, meckerte wie ein Ziegenbock, laut und lange. Und wie vorhin bei dem Wort ließ er sein Lachen eine Zeitlang wirken.

„Dann lassen Sie doch mal hören, nicht wahr?"

Er lehnte sich zurück, nahm sich einen Keks aus der auf dem Schreibtisch stehenden Gebäckschale und begann genussvoll zu essen.

„Die ursprüngliche Vereinbarung zwischen dem Verlag und mir war, dass ich Eleonore Fichtner eine Zeitlang begleiten sollte, um eine Artikelserie über sie schreiben zu können. Ich habe dafür genug Informationen gesammelt. Als ich mich mit dem entsprechenden Schreiben an Ihr Büro gewandt habe, hat man mir lediglich geantwortet, ich solle weiter dranbleiben. Das aber kann ich nicht tun. Bei allem Weiteren würde ich sonst in Gefahr geraten, Frau Fichtners Intimsphäre zu verletzen."

„Ach", sagte Schneider und lachte wieder. „Die Intimsphäre von Nora, von Frau Fichtner, zu verletzen, das genau, Liebchen, ist Ihre Aufgabe. Kapiert?"

„Nein, das werde ich unter keinen Umständen tun. Frau Fichtner ist mir in den wenigen Tagen so etwas wie eine mütterliche Freundin geworden, deren Vertrauen ich auf keinen Fall missbrauchen werde. Das könnte ich mit meinem Gewissen nicht vereinbaren."

„Schön, dass Sie sich in der glücklichen Lage wähnen, sich ein Gewissen leisten zu können."

„Wenn Sie sich außerstande sehen, auf meinen Vorschlag einzugehen, Herr Schneider, werde ich gezwungen sein zu kündigen."

„Tatsächlich, Kindchen? Was Sie für Perspektiven einnehmen! Sie will einer Freundin nicht zu nahe treten, weil sich das nicht schickt. Mein Gott, hier stehen ganz andere Dinge auf dem Spiel. Da spielen Ihre kleinen Befindlichkeiten nicht die geringste Rolle."

„Herr Schneider, ich habe mich bei Ihnen um einen Job beworben. Die Aufgabe, die ich zu erfüllen hatte, wurde mir im Bewerbungsgespräch erläutert und klar umrissen. Ich habe sie übernommen und sie ist jetzt beendet. Was hat das mit meinen Perspektiven und Befindlichkeiten zu tun?"

„Sie haben bei einem ganz besonderen Arbeitgeber angeheuert. Ich habe Sie angeworben. Ganz oben. Was man dort tut, hat Bedeutung. Für alle, für den Staat, für die Sicherheit. Und diesen Arbeitgeber, den vertrete ich. Deshalb sage ich Ihnen, Sie werden Ihre Aufgabe so lange fortsetzen, bis ich zufrieden bin. Und glauben Sie ja nicht, Frau Fichtner sei völlig ahnungslos und wüsste nicht, um was es geht. Sie passt auf, lässt nur heraus, was sie will."

„Wie bereits gesagt, dann muss ich meinen Job leider aufgeben."

Schneider grinste.

„Bei diesem Arbeitgeber kündigt man nicht, Schätzchen. Es sei denn, mit den Füßen voraus, nicht wahr?"

♣

Auf dem Flur noch war Schneiders abgehacktes Lachen zu hören. Für Vorsicht war es wohl längst zu spät.[81] [82]

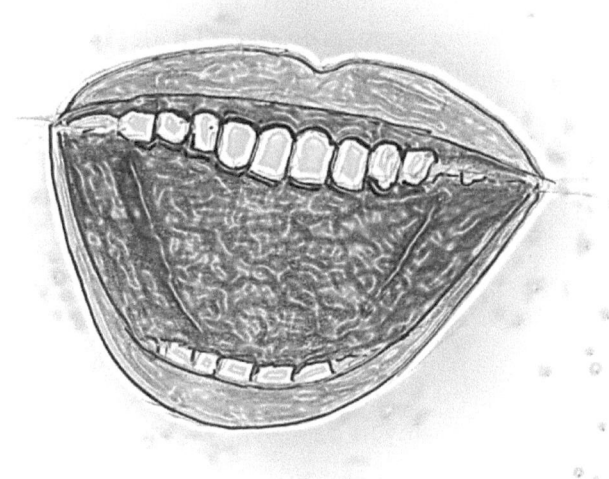

---

[81] Bespitzelung der eigenen Bevölkerung ist ein Merkmal diktatorischer Systeme. Von der DDR ist bekannt, dass sich das Ministerium für Staatssicherheit gegen Ende auf 189000 Inoffizielle Mitarbeiter (jeweils 1 IM auf 89 Bürger) sowie eine ungleich größere Anzahl von AKPs (Auskunftspersonen) stützen konnte, um unliebsame Meinungen und Aktionen auszuhorchen. AKPs war meistens gar nicht bewusst, dass sie der Staatssicherheit heikle Informationen übermittelten. (wikipedia, Inoffizieller Mitarbeiter; 04.04.2020; 19.51 Uhr.)

[82] Vorabdruck aus Luise Link, Der Komplex; erscheint 2021.

Die Zauberlehrlinge

2020

Die in die Jahre gekommenen Mauern sind grellbunt. Ob die gesprühten Bilder Kunst oder Schund, ausdrucksstark-schön oder überflüssig-hässlich sind – das liegt im Auge des Betrachters. Überall sprießen blühende, duftende Kräuter in zerbröselnden Ecken. Unkräuter. Der Blick geht weit in die Ebene und bleibt an der Havel und am Funkturm hängen. Den Fernsehturm am Alexanderplatz kann man erkennen.

Der Teufelsberg, auf dem die alte Abhörstation der Briten und Amerikaner aus der Zeit des Kalten Krieges steht, besteht aus Schutt. Die Überreste von fünfzehntausend zerbombten Wohnhäusern aus dem Zweiten Weltkrieg liegen hier begraben.

Im neuen Berlin, dort hinten in der Ferne, seit 1991 wieder Bundeshauptstadt Deutschlands, pulsiert das Leben.

♣

1961

„Mr. President, Nikita Chruschtschow will Westberlin der alliierten Kontrolle entziehen und Ostdeutschland einverleiben. Er hat uns mit Krieg gedroht, falls wir nicht nachgeben. Konventionell sind uns die Russen überlegen, zwanzig Mal so viele Soldaten halten die NATO-Streitkräfte umzingelt. Also bleibt uns nur die nukleare Verteidigung Westberlins. Und das – und dass wir dazu entschlossen sind, müssen die Russen wissen, sonst gehen sie Risiken ein."

„Eine konventionelle Verteidigung Westberlins halten Sie für aussichtslos, General?"

„Jeder derartige Versuch ist zum Scheitern verurteilt. Bei den ständigen Drohungen aus dem Osten ist eher ein atomarer Präventivschlag zu erwägen. Wenn ein umfassender Atomkrieg unvermeidlich ist, sollten die Vereinigten Staaten als Erste zuschlagen."

„Aber was würde daraus folgen?"

„Nach dem gültigen SIOP[83] wären ‚innerhalb von drei Tagen nach dem ersten Angriff […] 54 Prozent der sowjetischen und 16 Prozent der chinesischen Bevölkerung getötet, insgesamt etwa 220 Millionen Menschen. In der Folge würden Millionen weitere ihren Verbrennungen und Verstrahlungen erliegen.'[84] Das sieht die SIOP jedoch nur vor für den Fall, dass das Überleben der Vereinigten Staaten bedroht ist. Und dann geht's automatisch, da kann nichts mehr verändert, abgeschwächt oder gestoppt werden."

„Und für die Freiheit Westberlins? Welche Opfer sind dabei zu erwarten?"

„Vergleichbar. Bedauerlicherweise. ‚Mehr als die Hälfte der Bevölkerung der Sowjetunion sowie Millionen weitere Menschen in Osteuropa und China'[85]. Möglicherweise wäre auch ganz Großbritannien und ein Großteil Europas zerstört."

♣

Der Blick auf die große Stadt, jetzt am Abend, ist fast noch schöner als bei Tag. Ein Meer von ruhenden und tanzenden Lichtern. Dort unten, in der Ferne, pulsiert das Leben im neuen Berlin.

---

[83] Single Integrated Operational Plan, unter Eisenhower verabschiedet, regelte das Vorgehen im Falle einer nuklearen Auseinandersetzung.

[84] Schlosser, E., Command and Control. Die Atomwaffenarsenale der USA und die Illusion der Sicherheit. Eine wahre Geschichte, Beck München 2013, S. 243.

[85] Ebda, S. 325.

Stimmen

„Heute muss jeder Bewohner dieses Planeten auf den Tag gefasst sein, da der Planet nicht mehr bewohnbar ist. Jeder Mann, jede Frau und jedes Kind lebt unter einem nuklearen Damoklesschwert. Es hängt am dünnsten aller Fäden, der jeden Augenblick durch einen Zufall, eine Fehlkalkulation oder durch Wahnsinn durchgeschnitten werden kann."

John F. Kennedy 1961 vor den Vereinten Nationen[86]

„Mag sein, dass Nuklearwaffen die Wahrscheinlichkeit eines *gewollten* Krieges verringert haben, aber das komplexe und eng gekoppelte Nuklearwaffenarsenal, das wir aufgebaut haben, hat zugleich die Wahrscheinlichkeit eines *unbeabsichtigten* Krieges vergrößert."[87]

Scott D. Sagan, ehem. Berater des Vereinigten Generalstabs der US-Streitkräfte in Fragen der strategischen Atompolitik

---

[86] Ebda., S. 320.
[87] Ebda., S. 522.

„ Herr, die Not ist groß!
Die ich rief, die Geister,
Werd' ich nun nicht los."[88]

---

[88] Johann Wolfgang von Goethe, Der Zauberlehrling.

Stell dir vor

„Dass Menschen so verblendet sein können!", sagt Agathe.

Sie sitzt adrett gekleidet auf ihrem jahrzehntealten, aber immer noch ansehnlichen Sofa, dass sie durch eine hässliche Decke schützt, wenn sie niemanden erwartet. Einmal habe ich sie besucht, weil ich in der Gegend war. Ohne Anmeldung. Und da bedeckte ein scheußlich buntes, gemustertes Etwas aus der Nierentisch-Ära die Chaiselongue. Agathe sieht für ihr Alter durchaus passabel aus, denn vorletztes Jahr ist sie hundert geworden. Ob sie diese engen vier Wände hasst, in denen sie schon so übermäßig lange wohnen muss? Als sie sich vor zwanzig Jahren mit über achtzig entschlossen hat, ins Altersheim zu ziehen, hat sie bestenfalls mit einigen weiteren Lebensjahren gerechnet.

„Weißt du was, ich bin einfach nicht totzukriegen. Und das, wo man in unserer Familie eigentlich traditionsgemäß früh stirbt. Mich wird man wohl erschießen müssen, was meinst du?"

Das sagt sie bei jedem Besuch und lacht dabei ihr leises trockenes Lachen, was so gar nicht fröhlich klingt. Ich habe mir abgewöhnt, etwas Ablehnendes zu entgegnen. Ich glaube, sie erwartet das auch nicht.

Agathe ist meine Tante, die Schwester von Friedrich Montiegel, meinem verstorbenen Vater.

„Ich möchte bei meinem Vornamen genannt werden. Nicht Tante, da fühlt man sich auf Verwandtschaft reduziert", hat sie gefordert.

Sie war nie verheiratet, sie hat keine Kinder, alle Freunde und Freundinnen sind längst tot. Ich bin ihr einziger Kontakt zur Außenwelt. Aber ich besuche Agathe nicht nur aus Pflichtbewusstsein oder Mitleid.

Ihre Gedanken und ihre Erinnerungen sind es, die mich regelmäßig zu ihr führen. Ihr wacher Geist verfügt über fast hundert Jahre Erfahrung und erlebte Geschichte.

Agathes Zimmer ist vollgestopft mit Büchern und alten Dokumenten. So bewahrte man früher das Wissen der Welt. Zu ihrem Neunzigsten hatte ich ihr einen Computer schenken wollen. Sie hatte ihn entsetzt zurückgewiesen.

„Ich will mich in meinem Alter nicht mehr mit solch neumodischem Kram belasten. Die Gegenwart und die Zukunft, die finden für mich nicht mehr statt. Die Vergangenheit, in ihr lebe ich und die habe ich hier bei mir", hatte sie gesagt und auf die vielen Reihen Bücher in den Regalen längs der Wände gedeutet.

Sie hat einige Papiere und ein aufgeschlagenes Buch auf dem Tisch liegen.

„Schau mal in die Gesichter hier! Wie fröhlich und unbeschwert sie schauen. Als ob sie zu einem Ausflug ins Grüne aufbrechen. Oder zu einem Wettkampf, bei dem sie siegreich bleiben werden. Die erhobenen Fäuste, sieh mal! Wie gutgläubig sie waren und wie schrecklich dumm."

♣

September 1914

Die gleichen Worte hat Karl schon einmal gesagt. Mit genauso viel Pathos wie heute. Das war vor drei Monaten gewesen. Als er ins Schlafzimmer gekommen war, um seinen neugeborenen Sohn, den sie Friedrich nennen würden, zum ersten Mal zu sehen. Elisabeth hatte im Bett gelegen, Henriette, die Hebamme und Freundin, hatte zwei Kissen unter ihren Kopf geschoben.

„Damit du nicht wie ein Häufchen Elend aussiehst", hatte sie gemeint.

Elisabeth war stolz, erschöpft, aber vor allem unendlich erleichtert, dass es vorbei war.

„Die zweite Geburt ist fast immer leichter", hatte Henny getröstet und Elisabeth glaubte ihr.

„Für Gott, Kaiser und Vaterland!", das waren die Worte, die Karl ausstieß, als er über die Schwelle trat.

Was für ein Unsinn, hatte Elisabeth damals gedacht. Das eigene Kind als eine Opfergabe zu betrachten, es neben Gott auch dem Kaiser und dem Vaterland zu weihen, wo doch die Zeiten der Menschenopfer schon viele Jahrhunderte vorbei waren. Dann war Karl an ihr Bett getreten und hatte ihr einen Kuss gegeben. Aber der kleine Stich war bis heute geblieben.

Jetzt stand Karl im Salon vor ihr und wiederholte die gleichen Worte.

„Für Gott, Kaiser und Vaterland. Es muss sein. Fast meine ganze Abschlussklasse hat sich freiwillig gemeldet. Wie soll ich, ihr Lehrer, ihnen in die Augen blicken, wenn sie zurückkehren und ich mich gedrückt habe."

„Wie kannst du davon ausgehen, dass du sie wiedersiehst? Vielleicht sterben sie alle, nicht wahr?"

„Wenn das Herbstlaub gefallen ist, liebe Elisabeth, sind sie zurück. Als Männer, als Helden, die das Vaterland in diesem heiligen Krieg gegen seine Feinde verteidigt haben. Ich würde mich schämen, wenn ich nicht dabei gewesen bin."

Elisabeth ging wortlos hinaus und kam nach einem Augenblick mit Friedrich auf dem Arm zurück. Ganz still blieb der Kleine, fuchtelte nur ein wenig mit den Ärmchen, schaute neugierig auf seine Umgebung.

„Blick doch deinem Sohn mal in die Augen! Soll er ohne dich aufwachsen, ohne deine Lehre, deinen Beistand, dein Vorbild? Musst du dich nicht eher vor ihm schämen, dass du riskierst, dass er eine verlassene Waise wird? Uns bist du zuallererst verpflichtet."

Karl begann zu lachen.

„Willst du das Hektorlied anstimmen, liebe Elisabeth? Ich bitte dich! Mein Entschluss steht fest. Ich werde mich morgen registrieren lassen."

Das Hektorlied, Elisabeth kannte es nicht. Karl wies sie gern mit Bildungsbürgerlichem in die Schranken, demonstrierte seine Überlegenheit, wenn er keine Argumente hatte, wenn er nicht weiter wusste.

Friedrich hatte angefangen zu schreien. Elisabeth setzte sich hin, öffnete ihr Kleid. Und während Tränen der Verzweiflung und Wut über die Verwirrtheit ihres Ehemannes die Wangen hinunterrollten, gab sie ihrem Kind die Brust.

Karl hatte den Salon schon vor einigen Minuten verlassen.

♣

Oktober 1914

Elisabeth stand mit Friedrich auf dem Arm am Bahnsteig. Karl war vor einigen Minuten im Zug eingestiegen und schaute nun von dem Fensterplatz, den er ergattert hatte, zu ihr herüber. Neben ihm drängten sich andere Gesichter, die Augen von jungen und etwas älteren Männern, von halben Kindern, die einen letzten Blick auf das Antlitz der Braut, des Kindes, der Frau oder von Mutter und Vater werfen wollten. Die meisten blickten fröhlich, lachten oder lächelten, einige Hände streckten sich hinaus, hier mit einem Fähnchen, dort zur Faust geballt. Karls Miene war ernst, traurig.

Auf den Außenseiten der Waggons befanden sich Parolen. Irgendwer hatte sie mit Kreide dorthin geschrieben.

„Ausflug nach Paris.
Auf Wiedersehen auf dem Boulevard. "
„Hinein in den Kampf.
Uns jucken die Säbelspitzen!"

Was erwartete Karl in dem Reserve-Korps, dem er zugeteilt worden war und das nun an der Front in Flandern kämpfen sollte? Einige seiner Schüler waren auch dorthin abkommandiert worden.

Der Zugschaffner lief an den Waggons entlang.

„Türen schließen, der Zug fährt ab."

Aus der Lokomotive am Zuganfang stieg weißer Dampf auf, das Gestänge an den Rädern begann sich unter lautem, mühsamen Knirschen und Rattern in Bewegung zu setzen.

Elisabeth nahm Friedrichs rechtes Ärmchen und winkte Karl damit so lange zu, bis er mit dem schnaufenden Ungetüm am Horizont verschwunden war.

Ob sie und ihr Kind den Mann und Vater jemals wiedersehen würden? Elisabeth drückte ihren Sohn an sich, straffte die Schultern und schritt entschlossen zum Bahnhofsgebäude.

Die neue Zeit würde ihre ganze Kraft erfordern und keine Schwäche verzeihen.

♣

November 1914

„Haben Sie die Meldung im Reichsanzeiger gelesen, Frau Montiegel?"

Frau Brühl stand im Fleischerladen neben Elisabeth.

„Welche Meldung meinen Sie denn?", fragte Elisabeth zurück.

„Na, die über die ruhmreiche Schlacht bei Langemarck."

Elisabeth nickte, gab aber keine weitere Antwort.

Natürlich – kein Wort des Kommuniqués der Obersten Heeresleitung vom 14. November hatte sie vergessen.

„Westlich Langemarck brachen junge Regimenter unter dem Gesange ,Deutschland, Deutschland über alles' gegen die erste Linie der feindlichen Stellungen vor und nahmen sie. Etwa zweitausend Mann französischer Linieninfanterie wurden gefangengenommen und sechs Maschinengewehre erbeutet."

Die Schlacht hatte das XXIII Reservekorps geschlagen, zusammengestellt aus blutjungen Freiwilligen und den Ersatzreservisten, die noch nicht gedient hatten und allesamt schlecht ausgebildet und unerfahren waren. Zweitausend von ihnen hatten ihr Leben gelassen. Und genau diesem Korps gehörte Karl an. Vor zwei Wochen hatte sie die letzte Feldpost von ihm erhalten. In den Verlustlisten, die einige Seiten weiter im Anzeiger zu finden gewesen waren, war Karls Name allerdings nicht aufgetaucht. Aber drei seiner Gymnasiasten aus der Abschlussklasse hatte sie entdeckt. Peter Freund, Fritz Ruhl, Abraham Finkel. An jedes Gesicht der Schüler, die nicht einmal achtzehn Jahre alt geworden waren, konnte sie sich erinnern.

Zusammengeschossen von Maschinengewehren oder von Bajonetten erstochen, blutüberströmt, mit aufgeplatzten Gedärmen, in Schnee und Regen auf fremdem Boden liegend – so würden sie in Elisabeths Vorstellung verbleiben, die Jungen, die aufgebrochen waren, um Männer, um Helden zu werden. Auf Mission für einen Kaiser, dessen Träume von einer Weltmachtstellung Deutschlands unter seiner monarchischen Führung das Land in einen Widerspruch zu den meisten anderen Mächten in Europa und der Welt manövriert hatte.

Elisabeth nahm ihre Tüte mit dem Fleisch in Empfang, nickte Frau Brühl kurz zu und verließ eilig die Metzgerei.

Die Nachbarin passte auf Friedrich auf; sie musste sich mit dem Heimkommen beeilen.

♣

Dezember 1914
Vier Wochen waren vergangen, ohne dass Elisabeth Nachricht von Karl erhalten hatte.

Mit jedem Tag, den sie vergeblich auf einen Brief oder eine Karte mit einem Lebenszeichen von ihm gewartet hatte, war ihre Angst gewachsen. Aber seltsamerweise auch eine tiefe Ruhe, gepaart mit einer merkwürdigen Gefühllosigkeit.

„Sieh dich vor, dass du nicht versteinerst", hatte Henny gesagt.

Friedrich forderte Elisabeths ganze Kraft. Er war jetzt beinahe ein halbes Jahr alt, versuchte zu sitzen und fiel deshalb ständig um. Auch die ersten Zähnchen machten ihm und damit Elisabeth, vor allem nachts, zu schaffen.

Wenige Tage vor Weihnachten brachte der Postbote einen Brief. „Feldpostbrief" stand darauf. Und ein Stempel von irgendeinem Truppenteil. Lieber Gott, lass es ein Brief von Karl selbst sein, nicht eine Nachricht von seinem Kompaniechef, dass er gefallen ist.

Elisabeth wartete, bis der Postbote verschwunden war, dann öffnete sie den Brief mit zittrigen Fingern.

Frontabschnitt Arras 1. Dezember 1914

Meine liebe Elisabeth!

Sicher hast du mit Sorge auf eine Nachricht von mir gewartet. Aber es ist nicht einfach gewesen, in dem Aufruhr, der nach der Schlacht bei Ypern und unserer Abkommandierung hier in den Süden nach Arras entstanden ist, dir überhaupt eine Nachricht zukommen zu lassen.

Wahrscheinlich hast du aus den Zeitungen bereits erfahren, dass unser Korps viele Männer verloren hat. Wir haben Schulter an Schulter versucht, die feindlichen Stellungen der Belgier und Franzosen zu stürmen.

Leider musste ich auch einen meiner ehemaligen Schüler aus der Abschlussklasse sterben sehen. Abraham Finkel war in meiner Kompanie als Krankenträger eingesetzt und ist gleich zu Beginn der Schlacht, nur wenige Meter von mir entfernt, von einer feindlichen Maschinengewehrsalve zerrissen worden.

Du wirst wissen wollen, wie es mir geht. Eigentlich ganz gut, sorge dich nicht. Wir müssen jeden Tag Stacheldrahtverhaue aufrichten und wie die Maulwürfe Gräben ausheben, in denen man vor feindlichem Artilleriefeuer und feindlicher Erstürmung recht gut geschützt ist. Kalt es ist meistens, und nass. Na ja, was kann man im Krieg verlangen!

Ein Kamerad hat von einer Patrouille in einem Dorf in der Nähe einige Flaschen Rotwein mitgebracht, die wollen wir bis Weihnachten aufheben, um uns dann und wann ein Schlückchen gönnen zu können. Zu essen haben wir genug.

An Urlaub über Weihnachten ist nicht zu denken. Als ich darum beim Kompaniechef vorstellig wurde, teilte man mir mit, dass Lehrer, Akademiker, Beamte besonders lange auf Urlaub warten müssen. Warum, hat er nicht erklärt. Aber vielleicht werde ich wenigstens Offizier, das würde mir gefallen.

Ich hoffe, euch geht es auch gut. Wenn du kannst, schreib mir!

An Heiligabend muss ich nun nur an euch denken. Ich werde mir Friedrich vor dem Lichterbaum – du wirst

doch einen aufstellen, bestimmt – vorstellen und dass ich
dich umarmen und küssen kann.
Weißt du noch, wie ich gesagt habe, wenn das
Herbstlaub gefallen ist, sind alle wieder zuhause?
Leider müssen wir auf alles Schöne noch ein wenig
warten. Aber es ist ja zu einem hehren und heiligen
Zweck, nicht wahr?

In Liebe,
Karl

♣

In den nächsten vier Jahren wird sich die 750 km lange Frontlinie von der Nordsee bis zu den Vogesen kaum verändern. Die anfängliche Erwartung der deutschen Führung und Industrie im September 1914, dass Frankreich kurz vor dem Zusammenbruch stehe und die Idee eines Mitteleuropa unter deutscher Hegemonie kurz vor der Verwirklichung, erfüllt sich nicht.[89]
Der Krieg an der Westfront frisst sich als Stellungskrieg fest.

♣

---

[89] „Werden diese Ziele (der Vorherrschaft; d.Verf.) erreicht, so bestimmt sich der Fortschritt der Menschheit nach deutscher Kultur und Zivilisation; für ein solches Ziel zu kämpfen, ist des Blutes der Edlen wert." Krupp von Bohlen und Halbach, in: Der Erste Weltkrieg in Bildern und Dokumenten, Lizenzausgabe Verlag K. Desch München 1965, S. 145 (zit. nach Fischer. F., Griff nach der Weltmacht).

Was ist Imperialismus?
Aus den James Bond-Filmen kennt man sie. Die Größenwahnsinnigen, die Verrückten, die allein oder gemeinsam mit irgendeiner Gruppe oder Organisation nach der Weltherrschaft streben. Es ist aber noch nicht lange her, dass Monarchen, Nationen und sogar deren Bevölkerung nach Weltmachtstellung gierten: Im Zeitalter des Imperialismus und Kolonialismus, das man um 1900 verorten kann.

Auf dem alten Kontinent Europa tummelten sich mehrere Großmächte – Russland, Frankreich, Großbritannien, Österreich-Ungarn und Deutschland, die in unterschiedlichen Militärbündnissen verflochten und deren Monarchen zum größten Teil eng verwandt waren[90], was die ab 1917 nahezu weltumspannende Krise jedoch nicht verhindern konnte.

„Als am 28. Juli Österreich an Serbien den Krieg erklärt und am 29. Juli Russland die Teilmobilmachung gegen Österreich verkündet hatte, war die Lawine ins Rollen gebracht. […] Die seit langem festgelegten Militärbündnisse setzten sich fast mit automatischer Gewalt durch. Die Militärs hielten es für notwendig, den künftigen Gegnern zuvorzukommen und die Schlagbereitschaft ihrer Heere schnell herzustellen. […]

Am 30. Juli wurde in Russland, am 31. Juli in Österreich-Ungarn die volle Mobilmachung verkündet. Am gleichen Tage richtete das Deutsche Reich an Russland ein Ultimatum mit der Forderung, die Mobilmachung rückgängig zu machen. Da keine Antwort erfolgte, wurde auch in Deutschland mobil gemacht und am 1. August der Krieg gegen Russland erklärt. Zugleich mobilisierte Frankreich seine Streitkräfte und Großbritannien seine Flotte. Frankreich wusste sich der britischen Unterstüt-

---

[90] Einige litten sogar unter der gleichen Erbkrankheit, der Hämophilie.

zung sicher. Deutschland, des französischen Eingreifens gewiss, erklärte am 3. August an Frankreich den Krieg und begann gemäß dem Operationsplan mit dem Einmarsch in Belgien, um gegen Frankreich mit seiner Hauptmacht (insgesamt 7 Armeen) eine schnelle Entscheidung zu suchen, was dann den Rücken frei machen würde, um anschließend im Osten ebenfalls Russland entscheidend zu schlagen. Mit dem deutschen Einmarsch in Belgien aber war für Großbritannien der Anlass gegeben, gleichfalls in den Krieg gegen Deutschland einzutreten. Die große Krise Europas hatte begonnen."[91]

Die jeweils anderen Kriegsziele schienen unvereinbar:

- Gebietsgewinne auf Kosten des Gegners, damit man künftig gegen seine Bedrohung geschützt wäre
- Arrondierung des eigenen Reiches auf Kosten kleinerer Nationen
- Ausweitung des eigenen Kolonialreiches.

Kaiser Wilhelm II hatte bereits neun Jahre vor Kriegsausbruch, am 22. März 1905, in einer Rede befunden:

„Gott hat uns gerufen, um die Welt zu zivilisieren; wir sind die Missionare des menschlichen Fortschritts und das Salz der Erde."[92]

Im Verlauf des Krieges wurden sich Russland, Frankreich und Großbritannien im Ziel der „Vernichtung des Deutschen Reiches", später auch der „Zertrümmerung von Österreich-Ungarn" einig.

Ahnungslosigkeit über das begonnene Verhängnis sollte lange vorherrschen.[93]

---

[91] Ebda., S. 14.
[92] Ebda., S. 19.
[93] Siehe ebda., S. 14.

Imperialismus
„das Herrschaftsstreben eines Staates mit dem Ziel, die
Bevölkerung eines fremden Landes mit politischen, wirt-
schaftlichen, kulturellen und ideologischen Mitteln ab-
hängig zu machen und zu beherrschen."[94]

♣

Juni 1915
„Bekommst du denn regelmäßig Post von Karl, Elisabeth?", fragte Henny und verzog gequält ihr Gesicht.
Beide saßen in Elisabeths Salon, zum Tee – einem Auf-
guss aus einigen Pflanzen Besenheide, die in Elisabeths
Garten wuchs. Die britische Seeblockade war wirksam,
Tee erreichte das Deutsche Reich nicht mehr und so
musste man sich bis in die letzte Küche auf Ersatzstoffe
einstellen.
Aufgrund von Mangel an Getreide auf K-Brot mit
Kartoffelmehl – wenn man Glück hatte; nicht selten war
es aber auch mit Holzmehl gestreckt. Auf Tee ohne Zu-
cker. Und eben Tee aus Besenheide, Brennnessel- oder
Brombeerblättern.
„Er schreibt mir schon", entgegnete Elisabeth. „Aber
irgendwie ist alles so nichtssagend. Er fragt nach Friedrich und wie es mir geht, ja. Er schreibt vom Essen, von
seinen Kameraden, vom Wetter. Und dann und wann
bittet er um etwas. Ich soll ihm Strümpfe zuschicken oder
eine Unterhose. So was eben. Aber von dem Krieg, wie es
dort ist, da schreibt er nichts. Ich weiß in Wirklichkeit gar
nichts mehr von ihm. Manchmal kommt es mir vor, als
lese ich eine Nachricht von einem Fremden."
Henny kräuselte die Stirn.
„Ich glaube, du tust Karl Unrecht, Elisabeth. Franz
hat mir erzählt, dass alle Briefe an die Angehörigen dem

---

[94] Duden Politik und Gesellschaft, a.a.O., S. 205.

Kompaniechef vorgelegt werden müssen und wenn dem etwas im Brief nicht passt, dann weist er ihn zurück und er wird nicht befördert."

„Du meinst, die zensieren die Post?"

„Natürlich. Ruhmestaten und Heldentum werden uns vermeldet, von der Wahrheit sollen wir möglichst wenig erfahren, das soll schön im Dunkeln bleiben, damit wir Ruhe bewahren."

„Du hast es gut, Henny. Franz ist wieder an deiner Seite, du kannst dich mit ihm austauschen und er kann dich unterstützen. Ich muss mich mutterseelenallein durchschlagen und weiß nicht, wie lange das Ganze noch dauern wird."

Henny schwieg einen Augenblick. Dann blickte sie Elisabeth an und legte die Hand auf ihren Arm.

„Das ist aber sehr teuer bezahlt. Franz ist ein Kriegskrüppel, so bezeichnet er sich selbst. Du weißt, wie sportlich er war. Und wie er seinen Beruf als Pilot geliebt hat. Und jetzt hat er nur noch ein Bein und einen Arm. Was glaubst du, wie oft er vor mir sitzt und weint? Ein Mann von dreißig, der weint wie ein kleines Kind! Und hinterher schämt er sich."

„Ich sollte mich schämen, Henny, für meine Gedankenlosigkeit und meinen Egoismus. Aber wenn man immer allein ist, als Gesprächspartner nur ein kleines Kind und die Sorge ums Überleben hat, da verändert man sich. Und leider nicht zum Guten, wie wir gerade feststellen konnten."

Henny nickte, aber sie schien in keiner Weise verärgert oder irritiert.

„Liegt Karl immer noch an der Westfront?"

„Auf dem letzten Feldpoststempel stand wieder Arras."

„Das ist nicht so weit von Ypern entfernt. Da haben die Deutschen mit Gas angegriffen, im April", flüsterte Henny.

Davon hatte Elisabeth noch nichts gelesen oder gehört.

„Ich dachte, Gas ist im Krieg verboten, oder nicht?", fragte sie.

„Natürlich, nach der Haager Landkriegsordnung von 1907 schon, hat Franz mir erklärt. Aber das heißt theoretisch. Im Krieg, wenn der erste Schuss gefallen ist, gilt doch gar nichts mehr. Sie haben Gasflaschen mit Chlorgas in den Stellungen vergraben und dann, als günstiger Wind kam, die Ventile geöffnet. Eine dicke Gaswolke ist in die Gräben der Franzosen getrieben. Da gab es kein Entkommen, weil Chlorgas zu Boden sinkt. Fürchterlich muss es gewesen sein. Husten, Atemnot, Erstickungsanfälle, langsamer, qualvoller Tod. Man spuckt seine Lunge in Stückchen aus. 1300 Franzosen sind gestorben, 3000 wurden schwer verletzt. Die Alliierten werden das nicht unbeantwortet lassen, meint Franz. Und dass wir uns in diesem Krieg noch auf einiges gefasst machen müssen."

Henny nahm geistesabwesend einen weiteren Schluck Tee, verzog wieder ein wenig das Gesicht.

„Wir haben doch alle gar nichts von diesem Krieg. Wenn die Alleinherrscher mal verschwunden wären, die Männer, die die Geschichte machen, so wie in Amerika, da würde es vielleicht Frieden auf der ganzen Welt geben, was meinst du?", sagte sie.

Januar 1916
Wieder hatten Elisabeth und Friedrich Weihnachten und Silvester ohne Karl verbringen müssen. Erneut hatte man ihm den Heimaturlaub verweigert. Fast zwei Jahre kein Beieinandersitzen, keine Berührung, keine Küsse, keine Körperlichkeit, keine Zärtlichkeit. Nur hie und da eine Postkarte oder ein Brief, mit einer meist geschönten Wirklichkeit, damit sie beim Kompaniechef durchgingen und ihren Empfänger in der Heimat überhaupt erreichten.

Elisabeths Briefe an die Front waren ebenso oft an der Wahrheit vorbei. Jammerbriefe aus der Heimat galten als unschicklich, waren unerwünscht, da sie die Moral der Truppe untergraben könnten. So fühlte man sich verpflichtet, sich gegenseitig zu belügen und verlor die Wirklichkeit und einander dabei aus den Augen.

Aus den langen Gefallenenlisten und den zahllosen Todesanzeigen im Reichsanzeiger und dem, was Soldaten auf Urlaub berichtet hatten und man dann von ihren Müttern oder Frauen beim Bäcker oder Fleischer erfuhr, konnte man sich trotzdem ein Bild machen.

Frau Jentschs Sohn von nebenan war vor drei Monaten gefallen – und sie hatte erst letzte Woche davon erfahren. Sie würde Friedrich für längere Zeit nicht beaufsichtigen können.

„Ich kann es nicht ertragen, ein fremdes Kind zu sehen, wo ich mein eigenes, mein einziges verloren habe", hatte sie tränenreich erklärt. „Wenn wenigstens mein Mann noch leben würde, aber so", hatte sie hinzugefügt und Elisabeth um Nachsicht für ihre Entscheidung gebeten.

Elisabeth würde umgehend die Rektorin der städtischen Volksschule benachrichtigen müssen. Ihr Traum, durch eine Unterrichtstätigkeit in den beiden ersten Klassen einen Schritt in Richtung Lehrerberuf tun zu können, auch, neue Kontakte zu knüpfen, war zumindest fürs Erste zerstoben.

Februar 1916
Der Briefträger hatte Post gebracht. Feldpost. Hoffentlich eine Nachricht von Karl selbst! Ein Stempel befand sich auf dem Umschlag. „Geprüft"

Elisabeth hatte davon gehört. Dass es jetzt eine zentrale Prüfstelle für die Feldpostbriefe gab. Aber Millionen und aber Millionen Briefe, die ständig hin und her gingen, die konnten die Beamten nicht alle lesen. Und so vertrauten die meisten darauf, dass die eigene Nachricht nicht zur Stichprobe gehören, sondern ungeöffnet abgestempelt werden würde und äußerten sich offener als zuvor.

Frontabschnitt bei Verdun 18. Februar 1916

„Meine liebe Elisabeth!

Vielleicht gibt es nun endlich eine Wende!
Unsere Kompanie ist nach Verdun verlegt worden. Wie alle glauben, steht die Entscheidungsschlacht bevor. Alles ist besser als unser Leben im Graben.

Jetzt, wo ich ständig gegen Franzosen kämpfen muss, denke ich öfters daran, dass meine Vorfahren als Hugenotten aus Frankreich kamen. Eigentlich hast du einen französischen Nachnamen, Elisabeth! Montigelle! Montiegel ist nur eine Eindeutschung. Ist doch merkwürdig und irgendwie komisch, nicht wahr?

Wenn es keinen Gefechtslärm gibt, wird es manchmal so still, dass man bei entsprechender Windrichtung die Soldaten in den feindlichen Gräben singen hören kann. Dann schweigen wir alle, hören auf die Klänge und wenn sie ihr Lied beendet haben, dann klatschen wir wie wild Beifall. Und dasselbe tun sie auch, wenn wir unsere Lieder singen.

Erinnerst du dich noch an Peter Brühl, an den Primus meiner Abschlussklasse, den seine Kameraden immer Wikinger gerufen haben, weil er rote Haare hatte und groß wie ein Hüne war? Er hat mit mir in der gleichen Einheit gedient. Vorige Woche ist er nachhause entlassen worden. In der Truppe war er einfach nicht mehr tragbar. *Seine Nerven. Wahrscheinlich hat er das ständige Artilleriefeuer, die Einschläge und Explosionen, nicht mehr aushalten können. Andauernd ist er umgefallen, hat nur noch gezittert und geschrien und wollte nichts mehr essen. Zuerst haben wir gedacht, dass er sich drücken will, dass er ein Feigling ist. Aber das glaube ich jetzt nicht mehr. Er wäre sicher gestorben, wenn man ihn noch länger an der Front behalten hätte. Und für unsere eigene Moral war's auch nicht gut.*

Er soll jetzt in einer Klinik behandelt werden. Aber der Bruder eines Kameraden ist auch ein Kriegszitterer und der hat behauptet, dass man solche Leute nicht heilen kann, weder durch Beruhigungsmittel und Bäder noch durch Elektroschocks[95]*.*

Bete für uns, dass das Ganze bald vorbei ist!

Wenn ich fallen sollte, sei gewiss, dass ich dich und Friedrich von ganzem Herzen geliebt habe. Wenn ich überlebe, bekomme ich sicher auch bald Urlaub, damit ich dich an mich drücken und küssen kann.

In Liebe für immer
Dein Karl"

---

[95] Nachdem in der NS-Zeit durch ein Gesetz vom 3. Juli 1934 seelische Erkrankungen grundsätzlich nicht mehr als Folge erlittener Kriegstraumata anerkannt wurden, wurden schließlich im Rahmen der NS-Euthanasiemorde zwischen 4000 und 5000 psychisch kranke Veteranen des Ersten Weltkriegs umgebracht. (wikipedia, Kriegszitterer; 11.05.2020; 10.51 Uhr)

Kriegslied Matthias Claudius, *1774*

's ist Krieg! 's ist Krieg! O Gottes Engel wehre,
Und rede du darein!
's ist leider Krieg – und ich begehre
Nicht schuld daran zu sein!

Was sollt' ich machen, wenn im Schlaf mit Grämen,
Und blutig, bleich und blass,
Die Geister der Erschlag'nen zu mir kämen,
Und vor mir weinten, was?

Wenn wack're Männer, die sich Ehre suchten,
Verstümmelt und halb tot
Im Staub sich vor mir wälzten, und mir fluchten
In ihrer Todesnot?

Wenn tausend, tausend Väter, Mütter, Bräute,
So glücklich vor dem Krieg,
Nun alle elend, alle arme Leute,
Wehklagten über mich?

Wenn Hunger, böse Seuch' und ihre Nöten
Freund, Freund und Feind ins Grab
Versammelten, und mir zu Ehren krähten
Von einer Leich' herab?

Was hülf' mir Kron' und Land und Gold und Ehre?
Die könnten mich nicht freu'n!
's ist leider Krieg – und ich begehre
Nicht Schuld daran zu sein.

Stimmen
„Reinen Gewissens über den Ursprung des Krieges, bin Ich der Gerechtigkeit unserer Sache vor Gott gewiss."[96]

„Kropp[…]ist ein Denker. Er schlägt vor, eine Kriegserklärung solle eine Art Volksfest werden mit Eintrittskarten und Musik wie bei Stiergefechten. Dann müssten in der Arena die Minister und Generäle der beiden Länder in Badehosen, mit Knüppeln bewaffnet, aufeinander losgehen. Wer übrigbliebe, dessen Land hätte gesiegt. Das wäre einfacher und besser als hier, wo die falschen Leute sich bekämpfen."[97]

Aus den Erinnerungen des deutschen Kronprinzen, des Oberbefehlshabers der deutschen 5. Armee vor Verdun
„Ich hatte das Glück, diesen Angriff aus nächster Nähe vom Gefechtsstande des Generalkommandos aus im Walde von Forges zu beobachten. Das auf dem ganzen Höhengelände liegende Trommelfeuer unserer Artillerie bot einen schaurigschönen Anblick dar; der *Tote Mann*[98] sah wie ein großer Vulkan aus, Luft und Erde erzitterten unter Tausenden von Geschosseinschlägen. Die Minute des festgesetzten Sturmes der Infanterie war erreicht. Pünktlich verlegten unsere Batterien ihr Feuer nach vorwärts, und mit dem Scherenfernrohr verfolgte ich deutlich unsere Schützen, wie sie ihre Gräben verließen, nach vorwärts stürzten und wie hier und da über ihnen die kleinen Wölkchen detonierender Handgranaten sichtbar wurden. […]Die so lange gehegte Sehnsucht, mit meinen

---

[96] Zitat von Kaiser Wilhelm II. vom 2. August 1914 als Text auf einer Postkarte. Zit. nach Der Erste Weltkrieg in Bildern und Dokumenten, a.a.O., S. 35.
[97] Remarque. E. M., Im Westen nichts Neues, Kiepenheuer & Witsch, 14. Aufl. 2020, S. 41.
[98] Bezeichnung einer umkämpften Anhöhe vor Verdun (d.Verf.)

prachtvollen Truppen endlich wieder in Bewegung zu kommen, sollte sich nun erfüllen. Das machte mich innerlich froh."[99]

„Verdun ist schrecklich ... weil hier der Mensch gegen Material kämpft, und mit dem Gefühl, auf die leere Luft einzuschlagen ... Oh, wie ich die beneide, die mit aufgepflanztem Bajonett angreifen können, statt darauf zu warten, von einer Granate begraben zu werden. [...] Wenn man von ferne das Pfeifen hörte, so zog sich der ganze Körper zusammen, um der maßlosen Gewalt der Explosionswellen standzuhalten, und jede Wiederholung war ein neuer Angriff, eine neue Erschöpfung, ein neues Leiden."[100]

♣

Die Hoffnung der Soldaten, dass die Schlacht um Verdun den Wendepunkt oder gar das Ende des Krieges bringen werde, erfüllt sich nicht. Nach fast sieben Monaten Kampf mit ungeheuren Verlusten an „Menschen und Material" gibt die deutsche Führung den aussichtslosen Kampf um Verdun im August/September 1916 auf. Das Ziel der Heeresführung, die Franzosen vor Verdun „ausbluten" zu lassen, hat sich nicht erfüllt. Im Oktober bereits können die Franzosen Gebietsgewinne der Deutschen in einem Gegenangriff rückgängig machen.[101] Die Somme-Schlacht des gleichen Jahres, in der die Materialüberlegenheit der alliierten Truppen deutlich wird, kostet 750 000 Soldaten ihr Leben[102].

♣

---

[99] Der Erste Weltkrieg in Bildern und Dokumenten, a.a.O., S. 223.
[100] Ebda., S. 225.
[101] Ebda., S. 214.
[102] Ebda., S. 229ff.

5. April 1917
„Strahlt auch der Lenz im Osterkleid
Opfer fordert die eiserne Zeit.
Auf daß mit Gott durch tapfre Tat
Dem Vaterland Erlösung naht. "

Dieser Text stand vorne auf der Postkarte, links daneben das Bild eines Landsers, der ein Gewehr in der
Hand hält und eine mit österlich-gelber Blume ge-
schmückte Pickelhaube auf dem Kopf trägt. Elisabeth
drehte die Karte um. Karls Handschrift.
„Ich habe Urlaub bekommen und treffe vor Ostern
bei euch ein. Ich freue mich. Karl"
Jetzt, so gestand sich Elisabeth augenblicklich ein,
hätte sie Freudenschreie ausstoßen müssen. Karl hatte
fast drei Jahre Krieg lebend und unverwundet überstan-
den und endlich Urlaub bekommen. Den ersten in drei
Jahren. Sie würde ihren Ehemann wiedersehen, in den
Arm nehmen können – aber das Gefühl der Angst vor
der Begegnung überwog ihre Freude.
Wie würde Friedrich auf den wildfremden Mann reagieren? Er sprach schon einiges, aber das Wort Papa,
das wiederholte er nicht, obwohl Elisabeth versucht hatte, ihm die Bedeutung des Wortes zu erklären. Ein Mann,
den du zwar noch nie gesehen hast und der leider auch
niemals da ist, das ist dein Papa. Aber er hat dich sehr
lieb.
Heute war schon Gründonnerstag, also würde Karl
bis spätestens Karsamstag auftauchen. Ob sie mit den
Lebensmittelkarten alles bekommen würde, so dass sie
über Ostern nicht auch noch Hunger leiden mussten? Ein
erwachsener Mann mehr am Tisch, das war bei den
schmalen Rationen, die zur Verfügung standen, ein nicht
geringes Problem. Und Karl selbst war sicher ausgehun-
gert und erwartete vielleicht einen Osterbraten oder we-

nigstens ein kleines Stück Fleisch zum Mittagessen, das aber sicher sehr schwer zu bekommen war.

Wie würde Karl auf ihr Aussehen reagieren? Sie hatte im Kohlrübenwinter letztes Jahr erheblich abgenommen und ihre weichen Gesichtszüge verloren. Das Kinn war spitz, ihre Backenknochen standen hoch im Gesicht.

„Steht dir aber gut, das Mongolische", hatte Henny neulich gesagt und gelacht.

Sie musste sich beeilen. Im Krankenhaus warteten sie auf jeden vom Pflegepersonal. Seit mehreren Wochen half Elisabeth einige Tage die Woche ein paar Stunden dort aus, während Frau Jentsch auf Friedrich aufpasste. Jede Hand wurde benötigt, um die vielen körperlich und seelisch Verwundeten von der Front zu betreuen.

Elisabeth legte den Haustürschlüssel unter die Fußmatte. Karl erinnerte sich sicher noch, dass sie den Schlüssel vor dem Krieg immer dort deponiert hatten, wenn einer von ihnen später nachhause gekommen war. Dass Karl im Kriegsgewirr seinen zweiten Haustürschlüssel behalten hatte, das konnte Elisabeth nicht glauben.

♣

Um fünf Uhr stand Elisabeth mit Friedrich an der Hand vor der Haustür. Der Kleine war müde und quengelte. Elisabeth stellte das Netz mit den ergatterten Lebensmitteln ab und griff unter die Fußmatte. Der Schlüssel lag an seinem Platz, sie öffnete die Tür.

Im Haus war alles still. Aber ein ungewohnter Geruch empfing beide schon im Flur. Elisabeth nahm Friedrich auf den Arm, sie brauchte einige Kraft, um ihn zu zwingen, denn er hatte dazu überhaupt keine Lust. Er strampelte mit den Beinen und schlug um sich. Elisabeth öffnete die Küchentür.

Am Tisch saß ein hagerer Mann mit Schnurrbart. Er rauchte eine Zigarette und hatte die Füße auf einen zweiten Küchenstuhl gelegt. Friedrich vergaß augenblicklich das Strampeln und Rudern, blickte dem Mann überrascht ins Gesicht, dann fing er an zu weinen. Elisabeth setzte ihn ab und sofort versteckte er sich hinter ihrem Rücken. Der Mann zog noch einige Male an seiner Zigarette, dann drückte er sie auf der Untertasse, die vor ihm stand, aus und kam langsam auf Elisabeth zu.

Ohne irgendein Wort umarmte er sie und gab ihr einen leidenschaftlichen Kuss. Dann, ohne sie loszulassen, zog er Friedrich hinter ihrem Rücken hervor, ging in die Knie auf Friedrichs Höhe.

„Ich bin dein Papa, Friedrich. Ich freue mich sehr, dich zu sehen, mein Sohn."

Er nahm Friedrich in seine Arme und hielt ihn ganz hoch, höher, als Elisabeth es je vermocht hätte. Friedrich lachte, strahlte. Karl setzte ihn auf den Boden, gab ihm einen Kuss auf die Wange und zeigte auf seine eigene. Friedrich streckte die Hand aus und streichelte über Karls Kopf.

Elisabeth hatte zu weinen begonnen. Und mit ihren Tränen löste sich ihre Beklemmung in Glück auf.

♣

Endlich wieder Nähe. Karls Körper und ihr eigener, vereint in Leidenschaft wie in ihrer Hochzeitsnacht. Nur zärtlicher, vertrauter als damals, trotz der langen Trennung.

„Bis wann kannst du bleiben?", fragte Elisabeth und fürchtete die Antwort.

„Nächsten Freitag fahre ich wieder an die Front. Wahrscheinlich bin ich dann ab Montag wieder im Einsatz. Aber lass uns nicht mehr darüber sprechen, lass es uns ein paar Tage einfach vergessen, Elisabeth."

Karl zog Elisabeth an sich und bedeckte sie mit seinen Küssen.

♣

7. April 1917
Karl hatte es sich nach dem Frühstück am Küchentisch gemütlich gemacht und Friedrich zuhause behalten. Die Tageszeitung lag auf dem Tisch.
„Lass ihn hier, Elisabeth. Sag Frau Jentsch auf dem Weg zum Krankenhaus Bescheid. Ich habe ja nur wenige Tage mit ihm, die will ich auskosten."
Friedrich hatte unter dem Küchentisch sein Lager mit einem Topf und einem Lappen aufgeschlagen. Er schob die beiden Zinnsoldaten, die Karl als Geschenk mitgebracht hatte, hin und her. Mal stellte er sie hinter ein Stuhlbein, dann ließ er sie hüpfen oder sie wurden unter den Lappen gelegt.
„Du musst ihre Köpfe frei lassen, Friedrich. Sonst ersticken sie noch."
„Nein, nein", entgegnete der Junge.
Nein war seit einiger Zeit sein Lieblingswort geworden. Er nahm die beiden Zinnsoldaten, stellte sie erst auf einen Stuhlsitz, dann auf den Topf, stieß sie von dort hinunter, so dass sie nun nebeneinander auf dem Fußboden lagen. Dann legte er den Lappen über beide Körper, so dass sie völlig darunter verschwanden.
„Tot", sagte er. „Sie sind tot."
Karl setzte sich neben Friedrich, entfernte den Lappen und stellte die Zinnsoldaten wieder auf.
„Schau mal, wie schnell sie laufen können."
Karl bewegte die Soldaten.
„Sie sind stark und gesund und sie freuen sich ihres Lebens, glaub' mir! Hol dir jetzt deine Holzpferdchen und lass sie reiten, das wird ihnen Spaß machen."
Die Idee schien Friedrich zu gefallen, so dass er für einige Zeit beschäftigt sein würde und Karl mit dem Lesen der Zeitung begann.

Die Osterbotschaft des Kaisers nahm ihn als erstes gefangen. Nach Kriegsende solle das Dreiklassenwahlrecht abgeschafft werden und geheime, gleiche und freie Wahlen stattfinden. Eine gute Neuigkeit. Aber wann würde der Krieg beendet sein?

Die Meldung zwei Seiten später ließ Karl vom Küchenstuhl aufspringen. Er musste unbedingt mit Franz sprechen.

„Mit Datum 6. April haben die USA Deutschland den Krieg erklärt."

♣

9. April 1917

Elisabeth hatte die Flasche mit Korn aus dem Schrank geholt und auf dem Wohnzimmertisch platziert. Vor zwei Jahren hatte sie ihn günstig erstanden, heute war er ein wertvoller Schatz, denn aufgrund des Getreidemangels durfte kein Branntwein mehr hergestellt werden. Zwei Schnapsgläser und die zwei Tassen für den Tee, den Henny und sie trinken wollten, standen daneben. Wenigstens war Brennnesseltee gesund, wenn er leider auch so schmeckte. Henny und Franz waren für zwanzig Uhr angesagt.

„Lass es dir bitte nicht so anmerken, Karl, wenn du Franz siehst. Er leidet sehr unter seiner Versehrtheit. Wenn er deinen Schrecken mitbekommt, wird ihm sein trauriger Zustand wieder umso mehr bewusst."

„Sei unbesorgt", antwortete Karl, „was ich jeden Tag im Feld sehe, übersteigt Franz' Zustand sicher bei weitem."

„Aber er ist dein bester Freund, da ist man doch ganz anders davon betroffen, oder nicht?"

Karl lächelte und nahm Elisabeth in den Arm.

„Die gemeinsame Erfahrung im Fegefeuer verbindet den Soldaten mit seinen Kameraden. Ich werde mir bei Franz Mühe geben, so dass du zufrieden bist, versprochen! Wir wollen sowieso heute Abend alles Schlimme so gut wie möglich draußen lassen."

Nicht ich, Karl hat doch darauf bestanden, Franz einzuladen, um sich über die politische Lage austauschen zu können, dachte Elisabeth. Da wurde man eben unwillkürlich an draußen erinnert.

Um punkt acht Uhr ertönte die Türglocke. Franz hatte einige Osterglocken in seiner verbliebenen linken Hand, Henny einige Kekse, die sie selbst gebacken hatte. Bei der Zuckerknappheit ein wertvolles Mitbringsel. Karl umarmte Franz, der seinerseits seinen Arm auf Karls Schulter legte. Den rechten Ärmel seines Jacketts hatte er eingeschlagen und irgendwie festgesteckt. Er war ohne Krücken, vor einiger Zeit hatte er für sein fehlendes rechtes Bein eine Prothese bekommen, mit der er zufriedenstellend zurechtkam, wenn er auch nach wie vor hinkte. Von dem bewunderten forschen Flieger von einst war wenig übriggeblieben.

Daneben Henny, die immer noch Bildhübsche, der Männerschwarm. Es war sicher schwierig gewesen, sich umzustellen, jetzt treu an der Seite eines schwer Kriegsversehrten zu bleiben. Aber das Gerede im Hospital, dass Henny eine Affäre mit einem der Ärzte hätte, das konnte, das wollte Elisabeth nicht glauben.

Henny hatte Franz' linke Hand genommen, alle begaben sich ins Wohnzimmer.

„Wir werden mit Schnaps verwöhnt, wie generös, ihr beiden", sagt Franz, um die schon eine zu lange Weile entstandene Stille zu durchbrechen. Karl goss Franz einen zweiten Schnaps ein, vielleicht würde er beiden gleich die Zunge lösen. Henny und Elisabeth nippten an ihrem Brennnesseltee.

„Krieg ich auch einen, ich könnt' einen gebrauchen", sagte Henny und zeigte auf die Kornflasche.

Blickte Franz Henny missbilligend an? Elisabeth stand sofort auf, um ein Schnapsglas für Henny zu holen. Sich selbst holte sich keins.

Franz und Karl waren durch den Alkohol etwas leutseliger geworden. Der Krieg, der Eintritt der Amerikaner bei den alliierten Kriegsparteien und damit die Chancen auf Sieg und Frieden, das war nun ihr Thema, über das sie sich im Laufe des Abends sicherlich die Köpfe heiß reden würden. Karl holte die Zigaretten, die er von der Front mitgebracht hatte und beide Männer steckten sich nun schon die dritte an.

„Sollen wir uns lieber für eine Weile in die Küche setzen?", schlug Elisabeth vor.

„Ich dachte, du fragst nie", entgegnete Henny und lachte. „Aber einen davon will ich auch noch!", sagte sie und deutete auf die nun schon zu einem Drittel geleerte Flasche.

Elisabeth mit den Teetassen und Henny mit dem Schnapsglas in der Hand verschwanden in der Küche.

♣

„Hast du Karl gebeten, dass er sich vorsehen soll?", überfiel Henny Elisabeth sofort, als sie am Küchentisch Platz genommen hatten.

Elisabeth lief rot an, schwieg verlegen einen Moment, dann schüttelte sie den Kopf.

„Bist du von allen guten Geistern verlassen, Elisabeth? Stell dir vor, die Versorgungslage wird im Winter wieder so schlecht wie voriges Jahr!"

„Ich hatte einfach nicht das Herz und nicht den Mut, Henny. Wir haben uns fast drei Jahre nicht gesehen und Karl war so glücklich und befreit nach der langen Zeit, da wollte ich ihm das nicht zumuten."

„Aber an dich, an Friedrich, an ein zweites Kind, daran hättest du denken müssen! In solchen Zeiten setzt man keine Kinder in die Welt. Was glaubst du, wie viele Familien ich kenne, denen im letzten Winter ein Kind an Unterernährung gestorben ist. Und die kleinsten, die trifft es doch am härtesten, wenn keine oder zu wenig Milch da ist, und damit haben wir ja nun Erfahrung genug. Ganz abgesehen von der Frage, ob so ein Kind jemals seinen Erzeuger zu Gesicht bekommt."

„Das klingt vernünftig, aber Vernunft ist in der Liebe ja nur ein Teil der Wahrheit, oder nicht, Henny? Kinder sind doch auch eine Antwort auf etwas Schreckliches, was man dagegensetzt, irgendwie eine Hoffnung. Und ein Stück von dem geliebten Partner, das behält man ja in jedem Fall. Wollen du und Franz denn keine Kinder?"

Jetzt errötete Henny, schwieg noch einen Moment länger als Elisabeth vorhin.

„Ach, weißt du, bei uns hat das einen ganz anderen."

Sie stoppte in ihrem Satz und verstummte. Die eintretende Stille machte beide verlegen und hilflos. Henny hatte wohl Angst vor der nächsten Frage, und Elisabeth würde sich hüten, in ihre Freundin zu dringen, wenn diese etwas nicht von selbst erzählen wollte.

„Lass uns nicht weiter reden, sonst wird uns das Herz noch schwer. Und daran will keiner von uns schuld sein", sagte sie.

Beide Frauen nahmen sich bei den Händen. Ohne weitere Worte zu verlieren, hörten sie auf die Reden und das Lachen ihrer Männer, die sich anscheinend an dem Korn und ihren eigenen Worten berauschten.

Als die beiden Gäste sich verabschiedeten, lallte Franz:

„Der Branntweinpfad ist der kürzeste Weg zum Friedhof. Hat ein holländischer Fliegerkollege mir vor dem Krieg mal gesagt. Das waren noch Zeiten, Henny, was?"

11. April 1917

Elisabeth hatte schon die zweite Nacht schlecht einschlafen können. Hennys Worte hatten Sachverhalte umrissen, und jetzt waren sie als Bedenken und Ängste gegenwärtig. Sie musste für Karl aber fröhlich sein, ihn ihrer Liebe versichern, so dass er gute Gefühle und Sicherheit mit in den Krieg nehmen konnte.

Auch ihn schienen wirre Gedanken und Besorgnisse zu belasten. Er schreckte oft im Halbschlaf auf, dann atmete er schwer, so, als ob er Angst hätte zu ersticken. Gottseidank schlief er aber jedes Mal augenblicklich wieder ein, so dass Elisabeth darauf verzichtet hatte, ihn zu wecken.

Nur noch zwei Tage, dann würde Karl aufbrechen müssen. Das vor allem war die unheilvolle Gewissheit, die Elisabeth den Schlaf raubte. Sie hatte sich in den drei Jahren an seine Abwesenheit gewöhnt. Aber jetzt, nach den Tagen voller Liebe, Leidenschaft und Zärtlichkeit würde die Sehnsucht nach ihm sie für lange Zeit niederwerfen. Friedrich brauchte aber eine starke Mutter, kein Hasenherz, das selbst aufgefangen werden musste. Sie würde sich in die Arbeit stürzen, das verschaffte Ablenkung und verlieh irgendwann wieder Kraft. Übermorgen war sie ohnehin zum Dienst im Krankenhaus eingeteilt, gleich morgen früh würde sie im Schuppen die Gerätschaften für den Garten zusammensuchen. Für die Frühjahrsbestellung ihres kleinen Gartens war sie sowieso schon spät dran.

Kurz darauf war sie in Schlaf versunken.

12. April 1917

Am Morgen hatten sich Elisabeth, Karl und Friedrich zum Fotoatelier in der Lindenstraße begeben und ein Porträtfoto machen lassen.

„Damit wir etwas zur Erinnerung haben", hatte Karl gemeint.

Jetzt plante er einen Spaziergang.

„Wenn du Friedrich beim Spaziergang mitnimmst, kommst du nur hundert Meter weit, er hat überall etwas aufzuheben oder nachzuschauen. Bring ihn ruhig zu Frau Jentsch, er ist gerne dort und sie braucht das Geld!", hatte Elisabeth zu Karl gesagt.

Nun war er also allein unterwegs, um seiner Heimat ade zu sagen, um ihre Landschaft, ihre Bilder in sich aufzusaugen, damit er sich im Feld an sie erinnern konnte. Er wollte unterwegs eine Rast einlegen, das mitgenommene Brot verzehren, würde auf dem Rückweg Friedrich abholen und am frühen Nachmittag zurückkehren. Elisabeth konnte sich also um Karls Wäsche für die Rückreise und später um den Garten kümmern.

Bald stand sie im Schuppen und zog die Schubkarre, die Harken, Schaufeln und den Spaten heraus und deponierte sie draußen an der Schuppenwand. Einen kleinen Rest Kunstdünger fand sie auch noch.

Um zwei Uhr hörte sie die Türglocke. Karl hatte wohl seinen Schlüssel vergessen.

„Na, meine beiden Männer, da seid ihr ja endlich!"

Elisabeth nahm Friedrich in Empfang und zog ihm Jacke und Mütze aus.

„Sei ehrlich, Elisabeth, du hast auf dem Sofa gesessen und es dir gemütlich gemacht, während wir draußen in der Welt unterwegs waren, stimmt's?", scherzte Karl.

„Oh nein, deine Wäsche ist fertig und alle Gerätschaften sind aus dem Schuppen geräumt."

Karls Lächeln war augenblicklich verschwunden, sie hatte ihn wohl unabsichtlich an seine Abreise erinnert. Er fing sich aber schnell wieder.

„Na, dann wollen wir uns doch mal in Mamas Garten umsehen, nicht wahr, mein Sohn?"

Er nahm Friedrich an die Hand und öffnete die in den Garten führende Küchentür. Elisabeth folgte den beiden.

Karl rannte mit Friedrich ein bisschen hin und her, spielte Wer kommt in meine Arme? mit ihm, dann sah er die Gerätschaften am Schuppen lehnen. Er blieb wie angewurzelt stehen, sein Gesicht wurde augenblicklich bleich, er begann zu zittern und Elisabeth sah Schweiß auf seine Stirn treten. Den verdutzten Friedrich und Elisabeth ließ er ohne ein Wort im Garten stehen und ging eilig ins Haus.

♣

Sie hatten den letzten gemeinsamen Nachmittag trotzdem in aller Harmonie miteinander verbracht. Elisabeth fragte nicht und Karl bemühte sich um Ausgeglichenheit. Er spielte ausdauernd mit Friedrich und versuchte ihm immer wieder das Wort Papa beizubringen, gab aber irgendwann erfolglos auf. Friedrich durfte zwei von Hennys Keksen essen, für Karl hatte Elisabeth echten Kaffee aufgetrieben. Die Gutenachtgeschichte las Karl vor und Friedrich ging ohne Murren wie ein braves Kind ins Bett.

Sie hatten noch einen Abend und eine Nacht für sich.

♣

„Lass uns die ganze Nacht wachbleiben, Liebste", schlug Friedrich vor, als sie beide Hand in Hand zu Bett gingen. „Ich will nicht eine Minute versäumen und werde dich immerzu anschauen, auch wenn du irgendwann eingeschlafen bist."

An Schlafen dachte auch Elisabeth nicht. Wie zwei Ertrinkende klammerten sie sich aneinander.

„Weißt du, warum es so schön ist?"

Elisabeth schüttelte den Kopf.

„Es ist einzigartig und deshalb so wertvoll."

„Bitte, Karl, sag so etwas nicht! Dieser Krieg muss irgendwann zu Ende sein und dann kommst du wieder und wir sind für immer zusammen."

„Nicht, Elisabeth", sagte Karl und wischte ihr die Tränen, die nun ihre Wangen hinunterrollten, ab. Elisabeth legte sich an seine Brust.

„Hast du Angst?", fragte sie.

„Alle Soldaten fürchten sich im Krieg. Am Anfang haben wir uns alle in die Hosen gemacht vor Angst. Der Spaten hat mich heute an das erinnert, was wieder vor mir liegt, deshalb war ich so komisch."

„Aber warum ein Spaten?"

„Frag nicht weiter, Elisabeth. Es entlastet mich nicht, davon zu erzählen und dir legt es sich auf die Seele."

Elisabeth streichelte sein Gesicht. Auch er hatte Tränen vergossen.

13. April 1917

Sie waren frühmorgens mit Friedrich zum Bahnhof aufgebrochen. Als ob er ahne, dass heute Morgen alles ernst sei und er darum lieb sein müsse, hatte er vorbildlich gehorcht. Jetzt saß er auf Elisabeths rechtem Arm, den linken Arm hielt sie ausgestreckt zum Zugfenster. Ihre Hand hielt Karls Hand so fest, dass sich weiße Flecken an den Knöcheln zeigten. Elisabeth weinte, schon eine ganze Weile, auch während sie ihre letzten Küsse ausgetauscht hatten. Der Zugschaffner lief an den Waggons entlang.

„Türen schließen, der Zug fährt ab."

Aus der Lokomotive am Zuganfang stieg weißer Dampf auf, das Gestänge an den Rädern begann sich unter lautem, mühsamen Knirschen und Rattern in Bewegung zu setzen. Elisabeth nahm Friedrichs rechtes Ärmchen und winkte Karl damit so lange zu, bis er mit dem schnaufenden Ungetüm am Horizont verschwunden war.

„Papa", sagte das Kind. „Papa ist weg."

♣

Agathe holt eine kleine Kiste mit Rosendekor. Sie fördert ein Foto zutage. „Schau mal", sagt sie. „Der Kleine, das ist dein Vater im Alter von ungefähr zwei Jahren. Und dahinter stehen unsere Eltern. Elisabeth, deine Großmutter und Karl, dein Großvater. Das war 1917, im Heimaturlaub. Danach ist Karl zurück an die Front gefahren. Deine Oma war zu dem Zeitpunkt wieder schwanger, ganz am Anfang, und das Kind, das sie im Bauch trug, das war ich. Gesehen habe ich meinen Vater ja nie, ich habe nur dieses Foto als Erinnerung, unser einziges Foto als Familie. Friedrich, der war noch so klein, der konnte sich später auch nicht an Karl erinnern. Erwachsene Männer, die sind mir deshalb immer so fremd geblieben, vielleicht habe ich darum nie geheiratet, wer weiß."

„Ich hätte Oma so gerne kennengelernt. Wie war sie denn?"

„Ich erinnere mich an sie als sehr ernste Frau. Zwei Kinder in jener Zeit ohne Vater durchzubringen, das war sicher schwer. Ich hätte trotzdem lieber eine fröhliche Mutter gehabt. Karls Tod hat sie nie überwunden, sie war verbittert, weil sie ihn so unnötig fand. Wegen einer Verwundung sollte er nachhause entlassen werden und hatte eigentlich schon alles hinter sich."

„Darüber hat Friedrich schon berichtet", sage ich, aber Agathe redet weiter, als habe sie mich nicht gehört oder hören wollen.

„Eigentlich war's ein schlechter Witz, weißt du? Zwei Tage später sollte er die Heimreise antreten und dann fühlte er sich plötzlich so schlecht, Fieber und Husten, dass er ins Lazarett gekommen ist. Und dort ist er gestorben, als einer der wenigen, die bei der ersten Welle der Spanischen Grippe ums Leben gekommen sind. Wenn uns die Krankheit vier Jahre früher überfallen hätte, da hätte sie vielleicht sogar einen Sinn gehabt."

Ich schaue Agathe an, wie meint sie das?

„Stell dir vor, es ist Krieg, und keiner kann hingehen", sagt sie und lächelt.

Stell

Dir

Vor

Es

Ist

Krieg

Stimmen

Papst Urban II, 1095[103]

„Volk der Franken [...] von Gott ausgewählt und geliebt [...] durch die Ehre der heiligen Kirche herausgehoben von allen anderen Völkern.

Das Volk des Reichs der Perser, ein fremdes Volk, ein Gott gänzlich fern stehendes Volk, [...] die weder ein Herz haben noch an Gott glauben,(hat) die Länder jener Christen überfallen, mit Schwert, Raub und Feuer verwüstet, die Gefangenen teils in ihr Land verschleppt, teils auch elendiglich abgeschlachtet, die Kirchen Gottes entweder von Grund auf zerstört oder für den Ritus ihrer eigenen Heiligen in Beschlag genommen haben. [...] Wem also obliegt die Mühe, dies zu rächen, dies (den Feinden) zu entreißen, wenn nicht Euch, denen vor allen anderen Völkern Gott [...] Geistesgröße, körperliche Behändigkeit [...] verliehen hat."[104]

Immanuel Kant, 1790

„Selbst der Krieg, wenn er mit Ordnung und Heiligachtung der bürgerlichen Rechte geführt wird, hat etwas Erhabenes an sich und macht zugleich die Denkungsart des Volks, welches ihn auf diese Art führt, nur um desto erhabener, je mehreren Gefahren es ausgesetzt war und sich mutig darunter hat behaupten können."[105]

---

[103] Papst Urban ruft 1095 zum „Heiligen Krieg" (Dieser Begriff wurde seit 1000 n.Chr. verwendet.) gegen die Muslime auf.

[104] Zit. nach Gemein, G./ Cornelissen, J., Kreuzzüge und Kreuzzugsgedanke in Mittelalter und Gegenwart. Quellen- und Arbeitsbuch für die Oberstufe des Gymnasiums, München 1992, S. 43f.

[105] Kant, I., Kritik der Urteilskraft, zit. nach Leonhard, J., Bellizismus und Nation, S. 2.

Carl von Clausewitz, 1832
„Der Krieg ist eine bloße Fortsetzung der Politik mit anderen Mitteln."

Adolf Grabowsky, 1914
(Herausgeber der Zeitschrift *„Das neue Deutschland"*)
„Heute ist nichts dringender, als dass der Welteroberungswille das ganze deutsche Volk erfasse. Damit erst erheben wir uns von der halb unbewussten Weltmacht zur deutlich bewussten, also zur imperialistischen Macht."[106]

Erich Maria Remarque, 1929
„Ein Befehl hat diese stillen Gestalten zu unseren Feinden gemacht; ein Befehl könnte sie in unsere Freunde verwandeln. An irgendeinem Tisch wird ein Schriftstück von einigen Leuten unterzeichnet, die keiner von uns kennt, und jahrelang ist unser höchstes Ziel das[107], worauf sonst die Verachtung der Welt und ihre höchste Strafe ruht."[108]

Präambel zur Charta der Vereinten Nationen, 1945
Wir, die Völker der Vereinten Nationen, sind fest entschlossen, künftige Geschlechter vor der Geißel des Krieges zu bewahren, die zweimal zu unseren Lebzeiten unsagbares Leid über die Menschheit gebracht hat.

---

[106] Zit. nach Fischer, F., a.a.O., S. 136.
[107] das Töten (d. Verf.)
[108] Der Protagonist Paul Bäumer in Remarque, E. M., a.a.O., S. 172.

Weltfrieden

„ist der Ausdruck für den Idealzustand eines weltweiten Friedens, also für das Ende aller Feindseligkeiten, aller Kriege – aktuell also der andauernden Kriege und Konflikte. Er beinhaltet dauerhafte Freiheit, Gerechtigkeit und Glück für alle Menschen und Völker. Dies gilt oft als höchstes Ziel aller Politik und Wissenschaft. Es wird von der internationalen Friedensbewegung, von Einzelpersonen, Nichtregierungsorganisationen, Gruppen und Parteien auf vielfältige Weise angestrebt. Andere sehen darin eine unerreichbare Utopie."[109]

---

[109] wikipedia, Weltfrieden; 24.05.2020; 8.24 Uhr

Literatur

Dollinger, H. (Hrsg.), Der Erste Weltkrieg in Bildern und Dokumenten, Verlag Kurt Desch 1965

Fischer, F., Griff nach der Weltmacht. Die Kriegszielpolitik des kaiserlichen Deutschland 1914/18, Droste 1994

Duden Politik und Gesellschaft, 5. Neu bearbeitete Aufl., Mannheim 2005

Remarque, E. M., Im Westen nichts Neues, 14. Aufl. Kiepenheuer und Witsch 2020

Spinney, L., 1918. Die Welt im Fieber. Wie die Spanische Grippe die Gesellschaft veränderte, 4. Aufl. Carl Hanser 2020

Internet

LeMO – Lebendiges Museum online; Erster Weltkrieg

Kurz gefasst

Schrecklich *und* wunderbar – die letzten hundert-
fünfzig Jahre waren beides.

Utopien, Totalitarismus, Irrtümer und Seuchen präg-
ten ihr Gesicht: Weltmachtträume, zwei Weltkriege, die
Rassenlehre der Nationalsozialisten, der Kommunismus,
der Glaube an die Vorhersehbarkeit und unbedingte Be-
herrschbarkeit von Technik, an die Unbegrenztheit der
natürlichen Ressourcen, die Spanische Grippe sowie der
Ausbruch von Corona. Aber nach dem Ende des Zweiten
Weltkriegs auch fünfundsiebzig Jahre Frieden in
Deutschland, Freiheit, nationale Einheit, breiter Wohlstand, blühende Wirtschaft und Wissenschaft.

Der Kampf um den richtigen Weg, die Bewahrung
und Weiterentwicklung des Erreichten, die Vermeidung
von Fehlern der Vergangenheit ist stetige Aufgabe einer
pluralistisch-demokratischen Gesellschaft.

Für unsere und die nächsten Generationen kann man
sich Freiheit, einen Wettbewerb der Ideen, Augenmaß
und vor allem die zufällige Gunst des Schicksals wünschen.

Auf dass wir bei allen zukünftigen Bedrohungen
möglichst immer wieder mit einem blauen Auge davon-
kommen …

Kein Witz?

Politik ist die Kunst, mit allen geeigneten Mitteln stets den eigenen Interessen gemäß zu handeln.
Friedrich der Große[110]

Ein weiser Politiker sorgt dafür, dass die Bäuche der Menschen voll sind und ihre Köpfe leer.
Laotse[111], chinesischer Philosoph

Nichts vereinfacht das Leben so nachhaltig wie eine Diktatur.
Wladimir Iljitsch Lenin[112]

Karl Valentin steht mit Liesl Karlstadt einige Minuten vor Vorstellungsbeginn auf der Bühne.
„Es ist doch ein wahres Glück, dass wir nicht im Schlaraffenland leben!"
„Aber wieso denn?"
„Na, was hätten wir denn von den gebratenen Tauben, wenn wir das Maul nicht aufmachen dürfen?"[113]

---

[110] Schwarzer Humor, a.a.O., S. 117.
[111] Ebda., S. 120.
[112] Ebda., S. 106.
[113] Siehe Tönjes, U., Das Dritte Reich(t). Politische Witze 1933-45, ohne Seitenangabe.

Nachwort

Irren ist menschlich.
Dass die Geschichte der Menschheit voll von Irrtümern ist, überrascht also nicht.

Auch der Wunsch nach der besseren Welt und die daraus resultierenden Aktivitäten von Idealisten oder Ideologen führen durchaus nicht immer zu höherer Glückseligkeit bei jenen, für die sie geplant sind.

„Utopien haben ein ambivalentes Gesicht. Sie können zum Handeln motivieren, aber auch die Zukunft so festschreiben, dass grundlegende Freiheitsrechte des Menschen missachtet werden. Dies gilt gleichermaßen für politisch-säkulare Utopien wie für religiöse und wissenschaftlich-technische. [...]"[114]

Soll jeder einer vermeintlichen Wahrheit zustimmen, sie als Leitschnur seines Verhaltens akzeptieren, kann der Pfad zwischen Idealismus und Totalitarismus recht schmal sein.

„Als Hoffnungswesen braucht der Mensch (allerdings) Visionen, um mit Zuversicht nach vorne zu blicken. Er benötigt zugleich Kriterien, um Möglichkeiten und Grenzen der Realisierung von Zukunftsentwürfen auszuloten."[115]

Ein Lob dem Widerspruchsgeist!

Damit auch zukünftig neue *Wahrheiten* gefunden und alte wie neue auf dem Prüfstand landen können ...

---

[114] Hempelmann, R., in: Evangelische Zentralstelle für Weltanschauungsfragen, Lexikon, Utopien; 4.5.2019, 8.00 Uhr; Auslassungen und Layout-Veränderungen vom Verfasser
[115] Ebda.

Die Autorin

Luise Link lebt in
Rockenberg/
Hessen.

Bisher sind von ihr acht Bücher erschienen, zwei satirische
Ratgeber, ein Kurzroman, drei Erzählbände und deren überar-
beitete Gesamtausgabe sowie ein Sachbuch übers Schreiben.
An einigen lokalen Anthologien war sie mit jeweils mehreren
Beiträgen beteiligt.

2016
- Erzähl Dir Zeit, Band 1
- Self-Publisher-Blues

2017
- Erzähl Dir Zeit, Band 2
- Erzähl Dir Zeit, Band 3

2018
- Die Farm der Hühner. Fabelhaftes aus Hessen
- Sie wollen ein Buch schreiben? Literarische Technik
  für Einsteiger

2019
- Erzähl Dir ZeitGeschichten
- Werden Sie wichtig. Ein satirischer Ratgeber

Luise Link war Lehrerin für Englisch und Politische Bildung.
Sie ist verheiratet und hat eine Tochter und Enkeltochter.

Die Illustratorin

Doris Bauer lebt in
Niddatal-Assenheim/
Hessen.

Ihre Bilder malt sie vorzugsweise als Aquarelle oder in Acryl-
und Mischtechniken. Sie waren bei vielen Ausstellungen, u.a.
im
- Kloster Arnsburg
- Hohaus Museum/Lauterbach

in
- der Galerie Julia/Gelnhausen,
- Johannisberg/Rheingau ,
- Karben
- Münzenberg

bei
- verschiedenen Kunsthandwerkermärkten in der Wette-
  rau

zu sehen.

- 2018

hat sie den Kurzroman „Die Farm der Hühner"
sowie
- 2019

den satirischen Ratgeber „Werden Sie wichtig!"
illustriert.

Doris Bauer war Lehrerin für Sport und Musik, ist verheiratet,
hat eine Tochter und drei Enkelkinder.